当时想到就好了

如何启动解决关键问题的最强大脑？

西武◎著

CNS PUBLISHING & MEDIA 中南出版传媒
湖南文艺出版社 HUNAN LITERATURE AND ART PUBLISHING HOUSE
博集天卷 CS-BOOKY

图书在版编目（CIP）数据

当时想到就好了：如何启动解决关键问题的最强大脑？/西武著. —长沙：湖南文艺出版社，2014.5
ISBN 978-7-5404-6655-8

Ⅰ. ①当… Ⅱ. ①西… Ⅲ. ①成功心理－通俗读物
Ⅳ. ① B848.4-49

中国版本图书馆 CIP 数据核字（2014）第 055567 号

上架建议：心理·励志

当时想到就好了：如何启动解决关键问题的最强大脑？

作　　者： 西　武
出 版 人： 刘清华
责任编辑： 薛　健　刘诗哲
监　　制： 陈　江　毛闽峰
特约编辑： 杨　旸
封面设计： 华夏视觉
版式设计： 张丽娜
出版发行： 湖南文艺出版社
（长沙市雨花区东二环一段 508 号　邮编：410014）
网　　址： www.hnwy.net
印　　刷： 北京鹏润伟业印刷有限公司
经　　销： 新华书店
开　　本： 700mm × 1000mm　1/16
字　　数： 202 千字
印　　张： 15.5
版　　次： 2014 年 5 月第 1 版
印　　次： 2014 年 5 月第 1 次印刷
书　　号： ISBN 978-7-5404-6655-8
定　　价： 32.00 元

（若有质量问题，请致电质量监督电话：010-84409925）

目录

序：思路决定出路

你是不是时常有这样的疑问：为什么我会听售货员的话买下一堆昂贵却又没什么用的东西？为什么我会答应别人自己原本不想答应的请求？为什么看到别人排队时，我也跟着排队？为什么我当时没想到要那么做……

其实，这些都是我们的思维方式受到他人心理战术影响的结果。那么，什么是心理战术呢？它又是如何影响我们思维的呢？

心理学家告诉我们，心理战术是一种抓住对方心理，通过影响对方的潜意识，改变其意识、认知和思维方式，以达到自己目的的心理征服战术。

看到这儿，你是不是已经对“心理战术”几个字望而生畏，不敢再往下看了呢？

其实，你大可不必理会心理学家是怎么说的。通过自己的观察和体会，你也能掌握心理战术的精髓。心理战术并没有我们想象中那么神秘和深奥，它只是人们众多心理活动的一些规律性总结，只是一种手段。心理战术影响思维方式的最重要特征就是潜移默化，也就是暗示，这会让你觉得自己的决定不是服从，更不是被胁迫，而是心甘情愿的。

生活中，每时每刻都在上演着一幕幕心理战。因为生活主要就是由人的心理和行为支撑的，有人就有心理，也就离不了心理战术。说不定现在你的身边就有一个人正在对你使用着心理战术呢！那么，在别人强大心理战术的影响下，你是会成为乌合之众还是训练有素的思维高手，就要由你自己决定了。

很多时候，我们觉得已经处于瓶颈期的状态，认为没希望了，觉得很无奈。那是因为我们的思维僵化了，我们脑子里有成见，我们的思维产生了“路径依赖”……这时，我们就需要跳出原有的思维，寻求更好的想法。这时，你会发现，原来的困难似乎都消失了，居然感到“柳暗花明又一村”。

所以说，多一个思路，就会多一条出路；思路决定出路，创意决定前途。只有及时更新和改变思维方式，才能减少后悔自己当时没想到解决方法的情况。

让我们看看下面几个真实的片段。

片段一：毛姆的畅销小说

英国小说家毛姆刚刚发表作品时，一直过着贫困的生活。他的小说一直无人问津，即使书商用尽了全力推销，情况也没有改观。眼看生活越来越拮据，情急之下，毛姆突发奇想，用仅剩的一点儿钱，在大报上登了一则醒目的征婚启事：“本人是一位年轻有为的百万富翁，喜好音乐和运动。现征一位和毛姆小说中的女主角完全一样的女性共结连理。”

这则启事一登出，书店里毛姆的小说便很快被抢光了。一时之间，洛阳纸贵，印刷厂必须加班加点才能应付这一阵销售的热潮。

原来，看到这则征婚启事的未婚女性，不论是否有意和富翁结婚，都好奇地想了解毛姆小说中的女主角究竟是什么模样的。而许多年轻男子也想了解一下，到底是什么样的女子能让一个富翁这么着迷，而且也要防止自己的另一半去应征。

就这样，毛姆的小说一改往日无人问津的情况，销量越来越好。

片段二：庙里卖梳子

有四个推销员接受了同一项销售任务——到庙里推销梳子。

第一个推销员到了庙里，和尚说自己没头发，不需要梳子，也拒绝购买。所以，这个推销员一把梳子也没有卖掉，只好空手而归。

第二个推销员到了庙里，同样遭到了拒绝。但是他告诉和尚，经常梳头，不仅能够止痒，还能疏通血脉，改善头部的血液循环，有益健康。当念经念得有些累的时候，适当地梳梳头，还可以使头脑清醒。就这样，他卖掉了十来把梳子。

第三个推销员到庙里去跟老和尚说：“您看这些香客，在那里烧香磕头，多虔诚呀，可是磕了几个头起来，头发就乱了，香灰也落在他们头上。如果您在每个庙堂的前堂都放一些梳子，等香客们磕完头，就可以梳梳头发，他们也会感受到你们的关心，下次便还会再来。”这样一来，他就销掉百十把梳子。

第四个推销员回来，则说销掉了好几千把梳子，还收到订单。原来，他到庙里跟老和尚说，既然经常接受大家的捐赠，如果把梳子当成礼品送给香客们作为回报，那么他们一定会很乐意来这里。若是在梳子上刻上庙名，写上“积善梳”三个字，以此赠给来庙里的香客，那么，庙里的香火一定会更旺。

第四个推销员在原本没有市场的情况下，居然开发出了广阔的市场，这无疑是改变了固有的思维，从而获得了成功。

片段三：石头汤

一个风雨交加的日子，有一个穷人到一个富人家乞讨。

“滚开！”仆人说，“不要来打搅我们。”

穷人请求道：“只要让我进去，在你们的火炉上烤干衣服就行了。”

仆人以为这不需要花费什么，于是便让他进去了。穷人进去后，请求厨娘给他一个小锅，以便他“煮点儿石头汤喝”。

厨娘一听，很是纳闷：“石头汤？我想看看你怎样能用石头做成汤。”于是，她给了穷人一个小锅。而穷人到路上捡了块石头洗净后放在锅里煮。

“可是，你总得放点儿盐吧。”厨娘又给他一些盐。

后来，厨娘还给了他豌豆、薄荷、香菜。最后，又把能够收拾到的碎肉末都放在他的汤里。当然，你也许能猜到，这个可怜的穷人后来把石头捞出来扔回路上，美美地喝了一锅肉汤。

看了上面的几个小片段，你是不是对心理战术带来的新思维有了更感性的认识？其实，每个人每天都要用到心理战术，学习新思维，在生活中随处可见。巧妙地运用心理战术可以“不战而屈人之兵”，在陷入困境的时候，也可能轻易赢来转机；在顺境和坦途中，新思路也能带来更大的发展。

现在，你是不是觉得该好好梳理一下思维方式，启动你的最强大脑来解决关键问题了呢？

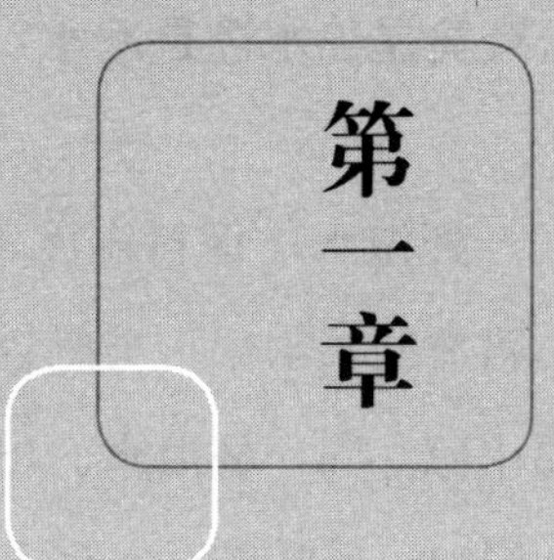

第一章

认知的改变

为什么无人问津的两种游戏机，会突然变得畅销起来?
为什么推出更先进的面包机，反而促使了次一级面包机的热销?
为什么销售人员的业绩下降了，反而得到经理的夸奖?
为什么公司年底只发一个月的年终奖，员工们却依然兴高采烈?

究竟是热水还是冷水?

一杯温水，保持温度不变。另有一杯冷水，一杯热水。先将手放在冷水中，再放回温水中，会感到温水热；先将手放在热水中，再放回温水中，会感到温水凉。同一杯温水，出现了两种不同的感觉。这是“知觉对比”对人们产生的影响，简单来说，就是通过对比影响人们的认知。

再以体育运动中的棒球为例。运动员在做挥棒训练时，会套一个重环在球棒上。教练表示，这么做的目的是为了使运动员在正式比赛时能将球棒挥得更灵活。正如你先举的是20公斤的健身器械，那么再举10公斤的器械时你就会觉得很轻松；但如果先举的是5公斤的，再举10公斤的时，你就不会觉得它轻松了。其实10公斤的重量没变，变的是你的认知。

实际上，任何牵涉到认知的地方，都有心理对比。其道理都是一样的：两种认知相继出现时，前一种总会对后一种有影响。

心理学家扎卡里·托马拉和理查德·佩蒂为了验证“知觉对比”对人们的影响，做了下面这个实验。

研究人员虚构了两家商店，一家是“布朗百货”，另一家叫“史密斯百货”。实验分两组进行，第一组先介绍了“史密斯百货”中一个部门的情况，再介绍“布朗百货”的三个部门；第二组则先介绍“史密斯百货”六个部门的情况，之后再介绍“布朗百货”的三个部门。

结果证实，当先介绍“史密斯百货”的六个部门，再介绍“布朗百货”的三个部门时，人们会认为对“布朗百货”的了解不够；但当先介绍“史密斯百货”的一个部门，再介绍“布朗百货”的三个部门时，人们对“布朗百货”的认知又有了变化，觉得基本了解了“布朗百货”。似乎放在前面介绍的“史密斯百货”部门少，就能让人们以为对“布朗百货”足够了解。这就是“认知对比”产生的影响。

后来，研究人员又扩大了实验范围。在实验程序不变的情况下，研究人员用不同领域的事物进行了对比，即用“迷你宝马”与“布朗百货”进行对比。结果与之前的实验一样。这次的实验表明，即使前一种认知对象与后一种完全没有共同点，但前面的认知对后面的认知仍然存在影响。

“认知对比”对人们具有很大的影响力，将它用在销售中是有很大威力的。假设你认为公司的某个产品特别适合一位客户，那你就可以通过重点介绍该产品，同时对其他产品一带而过的方式来增加客户购买的可能。

又比如，有时在不改变产品的情况下，仅仅通过变换产品的对照物就能带动销售。

某家居公司只不过用了两句大实话，就让其后院浴池的销售量翻了五倍。

第一句：很多购买过该产品的人都认为，买个浴池放在院子里就好像多了个房间。

第二句：您认为在院子里多造个房间要花多少钱？毕竟，七千英镑的澡盆比建个房间要少一半呢。

还有的商家只是巧妙地在两件商品间形成对比，就促进了两者的销量。这里有个真实的例子。

日本有一家专门经营电子玩具的商店。商店新引进了两种不同型号、质量相差无几、价钱一样的电子游戏机。可是，摆在柜台上的这两种游戏机却很少有人购买，这令商店老板一筹莫展。

这时，正好新招了一位女店员，她为店老板出了一个好主意。建议把型号小的那种游戏机的标价从80元提到160元，型号较大的游戏机标价不变。

这样一来，当顾客进到店里，看到型号又大，价格又便宜的游戏机并不比标价高的那种质量差，以为捡到了便宜，机会难得，便毫不犹豫地将其买下。而另外一些有钱人在看到型号小，价格反而比型号大的游戏机更贵时，以为遇到了“真货”，于是也慷慨解囊，买回去当作上好的礼物送给亲朋好友的孩子。很快，几千台两种型号的游戏机就被抢购一空。

原本无人问津的两种游戏机，在价格没有降低反而有一款略有提高的情况下，竟然变得出奇地畅销。这其中的奥秘就是商家恰当地运用了顾客的认知对比。

> 当两种认知相继出现时，前一种认知总会对后一种认知有影响。

□ 开口的艺术：怎么说，才能获得帮助?

向别人借钱，不管对谁来说都是个难题，然而如果能够巧妙运用“知觉对比”，你就会发现它比你想象得要容易得多。

试想一下你找朋友借100元钱的情景。你可以这么问：“嘿，老朋友，借我100块花花吧？”

照这样问，得到的回答很可能是：“借钱干什么，我还缺钱呢！”

可是，如果换种说法问：“老同学，我最近手头很紧，借1000块钱给我救急，行吗？”

“什么？我哪儿有那么多，我也正用钱。”

在朋友拒绝了这个要求后，你再提出只借100块钱的要求。这样一来，朋友就更容易答应借给你了。为什么会这样呢?

还是让我们先来看看美国心理学家查尔迪尼曾经进行过的一项实验吧。查尔迪尼在实验中先要求20名大学生花两年时间担任一个少年管教所的义务辅导员。这是一件很费神的工作，大学生们断然拒绝了。

随后，查尔迪尼又提出了另一个要求，让这些大学生带领少年们去动物园玩儿一次。结果这次有50%的人接受下来。而当他直接向另一些大学生提出这个要求时，只有16.7%的人同意。

其实，带领少年们去动物园玩儿也是一件很费神的工作，这从被直接提要求的大学生中只有16.7%的人表示同意便可以看出来。但为什么当把这个要求放在另外一个较困难的要求之后时，就会有50%的人接受呢?

这其中的原因就在于，首先，第一个很大的要求与后面一个小一点儿的要求形成了对比，让人更容易接受后者。其次，当一个人拒绝别人后，心里总会有一种歉意，而此时你再提出另一个请求，作为对你的让步做出的回应，他也会做出相应的让步。这就是知觉对比原理和互惠原理结合在一起后所产生的强大力量。

现在我们又学到了一点，那就是——如果对某个人提出一个很大且被他拒绝的要求后，接着再向他提出一个小一点儿的要求，那么他接受这个小要求的可能性就比直接向他提出小要求的可能性大得多。

许多人正是利用这种策略去影响他人，当他们想让别人为自己处理某件事情之前，往往会先提出一个令人难以接受的要求。待别人拒绝且怀有一定的歉意时，再提出自己真正要对方办的事情。由于前面的拒绝，人们往往会为了留住面子而接受随后的要求。

精明的商家也经常使用这种策略。每逢新装上市，各品牌都贵得让人咋舌，毕竟，并不是每个人的腰包都那么让人有底气啊。可你偏偏就信赖这个牌子。平心而论，薄薄的一件衣服不值那么多钱，但权衡一下，若能便宜一点儿，就冲着这牌子也要把它买下来!

你的这点儿心思商家是非常清楚的。他们适时制造出各种名目，使出他们的撒手锏——打折。5折、7折……折扣打花了你的眼，也平衡了你的心理：毕竟只花了一半的钱就买到了名牌产品呢！打折正是商家屡试不爽的法宝。

如果对某个人提出一个很大且被他拒绝的要求后，接着再向他提出一个小一点儿的要求，那么他接受这个小要求的可能性就比直接向他提出小要求的可能性大得多。

谈判时，最有效的沟通方式是什么?

除了用在借钱上，“知觉对比”也时常被运用在谈判中。

谈判高手布莱恩是一家大公司的采办员。在一项工作任务中，有位卖主的报价是50万美元。于是，布莱恩委托公司的成本分析人员去调查卖方的产品。成本核算的结果表明，卖方的产品只需44万美元就可以买到。布莱恩看过成本分析资料后，对44万美元这一数字也深信不疑。

一个月后，买卖双方开始谈判。谈判一开始，卖方便使用了很厉害的一招：“先生，很抱歉，对于上一次50万美元的报价，我必须做一下更改。原先的成本核算有误，致使我错报了价格。经过重新核算，我现在要求的价格是60万美元。”

卖方的发言语调沉稳，使人感到坚定不移。一时间，布莱恩对自己所做的成本估计反而产生了怀疑。于是，买卖双方在60万美元而不是50万美元的价格上讨价还价。最终谈判的结果是以50万美元的价格成交。

事隔几年之后，布莱恩回忆起这次谈判时说：“直到现在我还不明白，60万美元的喊价到底是真的还是假的。不过，我仍清楚地记得，当我最后以50万美元的价格和他成交时，我感到很满意呢。”

其实，卖主只是运用了“认知对比”的心理学原理。他先向布莱恩先生报一个惊人的高价，然后再做出让步，将价格逐渐降到原来的报价，以此来促进成交。

当然，这样的谈判技巧在生活中遍地都是!

某汽车销售公司的员工约翰，每月都能卖出30辆以上的汽车，深得公司经理的赏识。由于种种原因，约翰预计这个月只能卖出10辆车。深懂人际奥妙的约翰便对经理说:“由于银根紧缩，市场萧条，我估计这个月顶多只能卖出5辆车。”

经理听后点了点头，对约翰的看法表示赞同。没想到一个月过后，约翰竟然卖出了12辆汽车，公司经理对他大大夸奖了一番。

假若约翰说本月可以卖15辆车或者事先什么也不说，结果只卖了12辆，公司经理会怎么认为呢?

他会感到“约翰这个月实在是太失败了”，不但不会夸奖约翰，反而可能会指责他。

在这个事例中，约翰提前告诉经理，这个月顶多卖5辆车，使得经理心中的预期值变小，因此，当业绩出来以后，对约翰的评价不但不会降低，反而提高了。

在日常生活中，人们对每件事都有一个心理预期，只不过这个预期并不固定。它会随着具体的情况以及心理的变化而变化。如果将心理预期比作秤砣的话，那么当秤砣变小时，它所称出的物体重量就大；当秤砣变大时，它所称出的物体重量就小。人们对事物的感知，就是受这个秤砣的影响。

巧妙地运用心理预期值的变化，会给我们解决不少难题。例如，当不小心伤害到他人的时候，道歉不妨超过应有的限度，这样不但可以显示出你的诚意，而且会收到化干戈为玉帛的效果；当要说令人不快的话语时，不妨事先声明，这样就不会引起他人的反感，使他人能体会到你的用心良苦。

在日常生活中，人们对每件事都有一个心理预期，只不过这个预期并不固定。它会随着具体的情况以及心理的变化而变化。对同样的一个结果，先前心理预期值小的会获得更大的喜悦。

丑话说在前面：最坏的情况要最先说

在经济不景气时期，有一家向来运营很好的公司，盈余大幅滑落，老板为只能发给员工一个月的年终奖金而忧心。许多员工都以为可以拿到至少两个月的奖金，恐怕飞机票、新家具都订好了，只等拿了奖金去付账呢!

经理也愁眉苦脸："就像给孩子糖吃，每次都给一大把，现在突然变成两颗了，孩子一定会吵。"老板听完，好像有了灵感。

两天后，传出消息："由于公司运营不佳，年底要裁员，年终的聚会晚宴，可能都要取消。"听到这个消息，公司里顿时人心惶惶。每个人都在猜，被裁的那个会不会是自己呢?

过了几天，又有消息宣布："公司虽然艰苦，但大家在一条船上，要同舟共济，再怎么艰难，也绝不会牺牲共患难的同事，就是年终奖金，可能不发了。"

听说不裁员，大家放下了心上的大石头。不至于卷铺盖的喜悦，早压过了没有年终奖金的失落。

突然，老板召集各主管开紧急会议。员工们面面相觑，不知道又有什么状况出现。几分钟后，主管们纷纷冲进自己的部门，兴奋地高喊着："有了！有了！还是有年终奖金的，整整一个月，马上就会发下来，让大家过个好年！"

霎时间，整个公司淹没在一片欢呼声中。

人的感受就是这样微妙，想要的愈多，失望也愈大。如果事先有最坏的打算，得到的意外惊喜度也就加倍增长。因为一旦人们知道了事情的底线，做好了最坏的打算，心情就会释然。

让我们再来看看下面这则美国的征兵启事：

“来，快来当兵吧。当兵有两种可能，有战争或没有战争，没有战争有什么可怕的？有战争有两种可能，上前线或不上前线，不上前线有什么可怕的？上前线有两种可能，受伤或者不受伤，不受伤有什么可怕的？受伤有两种可能，能治好或者不能治好，能治好有什么可怕的？不能治好更不可怕，因为已经死了。”

据说，这则幽默的启事一出，原来应征者寥寥的局面马上改变了。因为启事中已经把最坏的结果告诉了人们。

其实有些事情，只要我们能够做最坏的打算，或者我们不要沉浸在患得患失的想法当中，就能够积极而勇敢地面对，当对事情有了一种“大不了如此而已”的想法，我们就会勇气倍增，也可以接受很多不完美的事实。因为世界上的事情，都难以完美。

> 一旦人们知道了事情的底线，做好了最坏的打算，心情就会释然。

□ “折中选项”背后的心理

许多年前，美国厨具零售商威廉姆斯-索拿马公司推出了一种高级面包机。它比当时该公司最畅销的面包机还要先进。奇怪的是，该商品的推出却让原先畅销的那种面包机销量又翻了一番。

这是为什么呢？

伊塔玛·西蒙森教授认为，当顾客有几种型号的商品可选择时，他们容易折中选择——选既符合最低限度的使用需求，又不会超过最高心理价位的商品。

也就是说，当顾客在两个合适的商品中做选择时，通常会选择价格较低的那个。此时如果有价格更高的商品出现，顾客又会放弃最便宜的那种而购买中间价位的商品。

正因为顾客的这种心理，威廉姆斯-索拿马公司推出的高级面包机就把原先畅销的面包机变成了“折中选项”，也就出现了原先畅销的面包机再次热销的情况。

面包机的案例对我们有何启发呢？比如怎样才能赚得更多的利润？

假设你是公司老板或销售经理，手上有一系列的产品和服务待售。那你需要了解的是，公司的高端产品至少会为你的销售带来两点好处：第一，高端产品会迎合小部分消费群体的需要，并且会帮你塑造公司处于行业领先地位的形象；第二，高端产品带来的另一个潜在优势是，它会让低一级的产品价格看起来更具有吸引力。

生活中，人们并不是十分理解这样的道理。举个大家都熟悉的例子：多数酒吧和酒店会把较贵的酒类列在菜单底侧，顾客在点菜时也许都看不到那里；还有些店则把它们列在单独的菜单上。这两种菜单都没有让各种不同价位的酒形成对比，那也就不能使中等价位的酒具备“折中选项”的优势。中等价位的酒对顾客来说，也就没有那么大的吸引力了。

其实，我们只要稍加改动，把高价的酒类和其他酒列在一起，并且要将高价酒列在菜单的顶端，列在顾客一眼就看得到的地方，中等价位的酒就会变成“折中选项”，变得让人更容易接受了。

这样的道理同样适用于工作环境。比如，公司派你参加一场在游轮上召开的会议。如果你希望能住在有窗子的客房里，那么，你最好不要直接向经理提出这样的请求。

好的方法是，给经理提供多个选择，比如一间不是很理想的房间（没有窗子的）和一间更好的但价格也较贵的房间（带有阳台）。把这样的搭配给经理选，那你就更有可能住在原先希望住的那个有窗子的房间里。

当然，折中策略并不仅仅适用于面包机销售、酒类销售或住宿。任何有产品或服务出售的人，都可以通过推出高价产品让其中间产品更受欢迎。

高端产品的出现会推动次一级商品的销售，所以，合理利用顾客的认知对比在产品销售中有着不可忽视的作用。

满足谁，才能获得幸福感?

有一个富人乘快艇来到太平洋的小岛上玩儿，出来迎接他的岛上居民对他说："你们有钱人真好，真羡慕你们啊！"而这个人却回答说："别开玩笑了，我才羡慕你们呢！我努力工作存钱，好不容易放假才可以来南方的岛上游玩，哪儿像你们，就住在这里享受生活，你们才是令人羡慕的呢！"

现实生活中，人们总是喜欢拿自己与别人做比较，认为"别人有的我也应该有"，总是赞叹别人拥有的东西。心想，要是我能像他一样到处旅游就好了；要是我能像他一样定居国外就好了；要是我能像他一样住在大房子里就好了……可是，说不定你羡慕的这些对他来说却是束缚，他反而更羡慕你呢！就像上面那个故事中的富人和岛上居民一样。

其实，幸福是没有统一标准的。如果你总是喜欢和别人做比较，在对比中凸显幸福，那你永远不会开心。因为"人比人，气死人"，这个世界上总有比你更厉害、更富有的人。

比如，你最近在上海的市中心买了一幢别墅，你觉得很开心。如果你以前住的是普普通通的公寓，现在有了自己的别墅，当然会很开心。可是没开心多久，你与周围的同事朋友一比较，发现有的人已经住在更好的房子里了，那你虽然住着别墅，也感觉不到特别开心。

拿破仑·希尔认为：如果想要实现成功的愿望，有一点要注意，那就是不要拿别人和自己比较。

有这样一个例子。莉莎和艾伦是一起长大的好朋友。走上社会后，莉莎开始羡慕起艾伦来。因为艾伦已经去国外旅游过好几次了，而莉莎直到25岁也没有出过一次国。“艾伦每次去国外，都像是炫耀似的搜集各种名牌货回来，我明年也要出国！而且要去艾伦没去过的法国，买更多的名牌货。”莉莎心里这么想着。

有了这样决心的莉莎，因为定期存款到期和拿到了比预期更多的奖金，所以愿望出乎意料地很快实现了，她去了向往已久的法国旅行。但是，旅行本身却不能说愉快，理由有两个：一是她并非真的像艾伦那样热衷名牌，即使买到最新的名牌货，也不会有满足感，甚至产生了“实在不该花这样一大笔钱”的后悔念头。另一个就是食物的问题，对莉莎来说，每天吃法国餐几乎使食欲减退了，最后发展到一看到法国餐都觉得厌恶。对于莉莎来说，想去法国旅行的愿望并没有伴随着“无论如何也要”“绝对”等从心里涌出的强烈欲望，只是纯粹地要和艾伦比较，为了满足自己“想和她站在同等地位或自己要占上风”这样的虚荣心。

如果有“别人是这样，所以我也要是这样”的念头的话，你就要好好地想一想：“自己真正希望的是这个样子的吗？”不要总觉得邻居家的草坪比较绿，要回过头来看看自己的花园更适合种植哪一种花草才对。

多关注自己的生活，关注自己的内心感觉，少一些无谓的攀比，固守自己想要的，珍惜自己得到的，这样才不会“身在福中不知福”，才能细细体会幸福中的美好感觉。

如果想要实现成功的愿望，有一点要注意，那就是不要拿别人和自己比较。

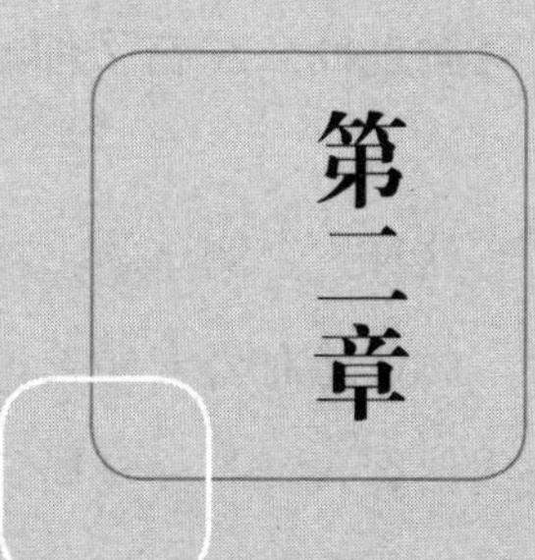

第二章

别让惯性左右你

为什么一个简单的字很多人都不认识?

为什么有些东西提价反而卖得更好,失败的人更容易放弃?

为什么要及时鼓励孩子的好习惯,批评孩子的坏习惯?

美国的火箭助推器与马屁股之间,会存在某种关系吗?

究竟是什么左右了你的思维?

有这样一个测试题。公安局长在路边同一位老人谈话，这时，跑过来一个小孩，急促地对公安局长说："你爸爸和我爸爸吵起来了！"老人问："这孩子是你什么人？"公安局长说："是我儿子。"请你回答：这两个吵架的人和公安局长是什么关系？

在100名被测试者中只有两个人回答正确！后来，对一个三口之家问这个问题，父母没答对，孩子却很快答了出来："局长是孩子的妈妈，吵架的一个是局长的丈夫，即孩子的爸爸；另一个是局长的爸爸，即孩子的外公。"

为什么那么多成年人解答如此简单的问题反而不如一个孩子呢？这就是思维定式在作怪。按照成人的经验，公安局长应该是男的，从"男局长"这个思维定式去推想，自然得不到正确答案，而小孩子没有这方面的经验，也就没有思维定式的限制，自然立刻就得出了正确答案。

让我们再来看看另外一道脑筋急转弯题，答题者必须是那些受过教育的成年人。

"三点水加个'来'字，念什么？"

"还念lái。"

"那三点水加个'去'呢？"

被问者至少有一半以上语塞，有的脱口而出"qù"。有的甚至说："根本没这个字！”而同样的问题再问小学三四年级的学生，“中招”的人几乎没有。这是为什么呢？这也是心理学上的思维定式在作祟。

社会心理学家发现，思维定式在人际交往和认知过程中是普遍存在的。思维定式一旦形成，思维就会呈现一种惯性状态。只要某种现象一出现，就会自然而然地顺着过去的习惯去思维，并得出结论。

思维定式虽然可以使我们在从事某些活动时相当熟练，甚至达到自动化，但它的存在也会束缚我们的思维，使我们只用常规方法去解决问题，而不寻求其他途径。因此，不管是在学习、工作还是生活中，我们应该有意识地克服思维定式。这样才能使思维更开阔、更深刻、更灵活、更敏捷，才能使我们少犯判断上的错误。

思维定式一旦形成，思维就呈现一种惯性状态。只要某种现象一出现，就会自然而然地顺着过去的习惯去思维，并得出结论。特别是当人们对未知情况不了解时，便会用以往的经验来判断。

定式思维看世界带来的麻烦

东汉末年，黄巾军进攻北海。北海太守孔融被黄巾军管亥围困在都昌。孔融打算向平原太守刘备求救，但由于敌人围兵重重，无法出城，使得孔融一筹莫展。正在这时，名士太史慈求见，请求突围。他胸有成竹地对孔融说：“现在敌军围困严密，如果硬往外冲，那无异于羊入虎口，要想成功，须用奇计。我如今已想出了一条妙计，定可为您搬来救兵。现在军情紧急，请您别再犹豫了。”孔融见他胸有成竹的样子，便答应了他的请求。

第二天天刚亮，太史慈匆匆地吃完早饭，然后提了弓箭，骑上快马，扛起一个箭靶，打开城门直冲了出去。城外的敌军见城中有人冲出来，以为是来挑战的，便急忙调动人马准备迎战。谁知太史慈却下了马，来到城边的一个堑壕里，栽好靶，一个人不慌不忙地练起箭来。太史慈练了好一阵，才扛起箭靶，又进城去了。围观的人嘀咕了一阵子，起初都感到奇怪，便远远地站着不动，后来见他只是练箭而已，这才放下心来。

第二天，太史慈又骑上马，照样扛着箭靶来到堑壕里练箭。这一回，围观的敌兵对太史慈不那么警惕了。他们有的躺着不动，有的还围上来闲看，相互间耳语一番，评论他的箭法如何如何。太史慈足足练了两个时辰，最后又扛起箭靶，骑马进城去了。

到了第三天，太史慈又扛着箭靶出城了，围观的人以为这个古怪的人物又出来练箭了，便不再理会他。谁知太史慈这次却把箭靶一丢，策马扬鞭，径直冲向城外。当围城大军清醒过来时，太史慈已经冲出重围。他们气急败坏地派人追赶，太史慈却早已跑得无影无踪了。

太史慈来到平原郡，向刘备求救，请他发出救兵。刘备派出精兵强将3000名，跟随太史慈去解都昌之围。围城大军得知刘备的援兵到来，再也无心攻城，只好四散退去了。

人们对司空见惯的事情常常不会产生疑惑。太史慈正是利用了这一点，以熟视无睹的常见现象来麻痹对手，扼杀了对手思想的灵敏性，而后突然行动，突出重围。

俗话说，“商场如战场”。同样的计策应用于商场上也可以出其不意地打击对手，就像处于弱势的顾尔德最后却控制了西联电报一样。

顾尔德是美国商场大玩家。1878年，他投资100万美元成立了一家电报公司，在这之前，西联电报公司一直独占着电报市场的生意，顾尔德的这个公司直接威胁到西联电报公司的利益。

面对顾尔德的威胁，西联公司的董事会决定不惜任何代价收购顾尔德的公司。他们认为这么一来就可以除掉这个恼人的竞争对手了。

然而，过了几个月，顾尔德又开了一家公司，再一次和西联电报公司展开了竞争。同样的事情再度发生，西联又出资买下了顾尔德新开的公司。很快，这样的事情又发生了。可是这一次西联电报公司却吃惊地发现，西联公司的经营权已经落入顾尔德的手中了。

西联公司的董事会以为顾尔德的目标只是等着被高价收买，从中赚取利润。其实顾尔德是在转移西联的注意力，并通过西联公司的收购行为在西联内部安插自己的人马。与此同时，顾尔德出高价在西联公司之前购买了爱迪生的四重发报机专利，进而在故技重演的掩护下，以内部蚕食和专利权作为要挟一步步控制了西联的经营权。

顾尔德使用的就是一个反复模式的诡计，他以重复的行动展现在对手面前，让他们相信自己会继续保持同样的行为模式。这种模式掌控着西联电报公司预期的心理，他们认为顾尔德的行为会遵循一个固定的模式。正是这种观念，使得他们落入顾尔德设下的圈套。

> 见怪不怪、常见不疑是思维定式在军事、商业、生活中的成功运用。以重复的行动展现在对手面前，让他们相信自己会继续保持同样的行为模式。这种模式掌控着对手的预期，让他们认为自己的行为会遵循这一固定的模式。

不买对的，就买贵的：昂贵等于优质吗?

一位朋友在旅游景点开了一间出售珠宝的商店。她刚刚经历了一件不可思议的事情，是关于那些难以卖掉的玛瑙石珠宝的。

朋友在旅游旺季时进了一批玛瑙石珠宝，售价也不贵，可以说是物超所值。虽然商店里顾客盈门，生意兴隆，可是那批玛瑙石珠宝却怎么也卖不出去。这位朋友想了各种方法来吸引顾客对这些玛瑙石的注意，希望促进它们的销量，例如将玛瑙石摆放在显眼的位置，告诉店员对它们进行大力推销，等等，但是这些方法的效果都不理想。

后来，她有事要离开景区，临走的时候，这位朋友给店员留了一个便条，让店员将那批玛瑙石珠宝以1/2的价格处理掉。因字迹潦草，店员误将便条上的“1/2”错看成了2。谁知提价后的玛瑙石珠宝反而受到顾客的欢迎，很快便销售一空。

几天后，朋友回来，看到那批玛瑙石珠宝果真销售一空后，很是高兴。不过，在得知那批玛瑙石是以原价两倍的价格卖掉之后，她完全惊呆了！怎么也想不通这究竟是怎么一回事。

其实，这些顾客只是受到思维定式的影响，再加上他们对玛瑙石没有什么了解，于是习惯性地认为“昂贵等于优质”。因为在一般情况下，商品的价格与价值是成正比的。商品的价值越大，价格自然越高。因此，这些想买到好珠宝的顾客，在看到玛瑙石珠宝昂贵的价格之后，便认为这些珠宝值得拥有。

由于人们普遍存在着“昂贵等于优质”这么一种思维定式，精明的商家便抓住人们的这种心理，提高定价，厚利也可多销。

有一位名叫米尔顿·雷诺兹的企业家就是靠这种方法取得了成功。

一次，雷诺兹发现一家制造铅字印刷机的工厂破产待售。这种印刷机的用途之一是能够供百货公司印刷展销海报。雷诺兹看准这点，立即借钱买下工厂，然后把机器重新定名为“海报印刷机”，专门向百货公司推销。

原来的印刷机，每部售价不过595美元，更名之后，雷诺兹把价钱一下提高到2745美元。他认定，现在百货店都在大力推销产品，“海报印刷机”正好能够满足他们的特殊需要，而对某些独特产品来说，“定价越高，越容易销售”。果然，“海报印刷机”的销路颇好，让雷诺兹大赚了一笔。

之后，雷诺兹又开始寻找新的“摇钱树”。1945年6月，他到阿根廷商谈生意时，又发现了一个新的目标，也就是今天的圆珠笔。当时，雷诺兹看准了圆珠笔具有广阔的市场前景。他立即赶回国内找人合作，昼夜不停地研究，只用了一个多月便拿出了自己的改进产品，抢在了对手的前面。他还利用当时人们“原子热”的情绪，将这种笔取名为“原子笔”。

随后，雷诺兹立即拿着仅有的一支样品笔来到纽约的金贝尔百货公司，向公司主管们展示这种“原子时代奇妙之笔”的不凡之处：它既可以在水中写字，也可以在高海拔地区写字。这些都是雷诺兹根据圆珠笔的特性和美国人追求新奇的性格，精心制订的促销策略。果然，公司主管对“原子笔”深感兴趣，一下就订购了2500支，并同意采用雷诺兹的促销口号作为广告。

当时，这种圆珠笔生产成本仅0.8美元，但雷诺兹却果断地将售价抬高到12.5美元。他认为只有这个价格才会让人们觉得这种笔与众不同，配得上“原子笔”的名称。

1945年10月29日，金贝尔百货公司首次销售雷诺兹“原子笔”，竟然出现了

5000人争购"原子笔"的壮观场面，大量订单像雪片一样飞向雷诺兹的公司。

短短半年时间，雷诺兹生产"原子笔"所投入的2.6万美元资本，竟然获得了155万美元的税后利润。等到其他对手挤进这个市场，杀价竞争时，雷诺兹已经赚了大钱，抽身而去了。

通常来说，商品的价格都会随着价值的增加而提高，价格越贵，质量就越好。所以，当人们想买质量好的某些商品时，便很自然地靠"昂贵等于优质"去判断商品的价值。

□ 经验论：过去对现在的影响

在美国的火箭助推器与马屁股之间，你能想象到会存在某种关系吗？

我们都知道，火箭助推器在造好以后会通过铁路运输。运输途中会经过一些隧道，而这些隧道的宽度只比火车轨道宽一点儿，所以铁轨的宽度决定了助推器的直径。

现代铁路两条铁轨之间的标准距离是4英尺又8.5英寸（1英尺＝12英寸＝0.3048米），那为什么采用这个标准呢？

原来，早期的铁路是由建电车的人所设计的，而4英尺又8.5英寸正是电车所用的轮距标准。

那么，电车的标准又是从哪里来的呢？

最先造电车的人以前是造马车的，所以电车的标准是沿用马车的轮距标准。

马车又为什么要用这个轮距标准呢？

原来，英国马路辙迹的宽度是4英尺又8.5英寸，所以，如果马车用其他轮距，它的轮子很快会在英国的老路上被撞坏。

这些辙迹又是从何而来的呢？

从古罗马人那里来的。因为整个欧洲，包括英国的长途老路都是由罗马人为军队所铺设的，而4英尺又8.5英寸正是罗马战车的宽度。任何其他轮宽的战车在这些路上行驶的话，车轮的寿命都不会很长。

可以再问，罗马人为什么以4英尺又8.5英寸作为战车的轮距宽度呢？

原因很简单，这是牵引一辆战车的两匹马屁股的宽度。

所以，最后的结论是：路径依赖导致了美国航天飞机火箭助推器的宽度，而这个宽度竟然是两千年前便由两匹马屁股的宽度所决定的。

这个亦真亦假的传说表达了一个著名的路径依赖定理：人们一旦做出了某种选择，就会在惯性的力量下不断强化它，而不会轻易改变。如果要改变的话，那就意味着先前的巨大投入可能会因为重新选择而变得不值一文。对任何人来说，这都是一个困难的选择。

恋爱中的男女就是很好的例子。

女人爱上了男人，但男人有些屡教不改的恶习。朋友们都说放弃吧，多少次经验证明了要他改是不可能的，但女人一直执着地相信下一次他一定会改的，就这样拖了好多年……这不仅是“一叶障目”的问题，还含有路径锁定的因素。

沿着既定的路径，不管是经济、政治还是个人的选择都可能进入良性循环的轨道，迅速优化；也可能顺着原来错误的路径往下滑，甚至被“锁定”在某种无效率的状态下而导致停滞。而这些选择一旦进入“锁定”状态，想要脱身就会变得十分困难。

在一定程度上，人们的很多活动都受到路径依赖的可怕影响，人们过去做出的选择决定了他们现在可能的选择，人们关于习惯的一切理论都可以用路径依赖来解释。

当然，“路径依赖”现象并不是百分百地发生，它只是告诉人们：一旦踏上某条道路，就很难再重新选择，因为重新选择的成本太高。但是，当你真的发现不再适合自己的工作和事业时，最好还是跳出“路径依赖”的影响，勇敢地走出来。

人们一旦做出了某种选择，就会在惯性的力量下不断地强化，而不会轻易改变。所以说，人们过去做出的选择决定了他们现在可能做出的选择。

□ 本能会不会消失?

在习惯的支配下，惯性的力量不但能影响一个人未来的走向，甚至还能改变一个人的本能。

有学者做了这么一个实验。将五只猴子放在一个笼子里，并在笼子中间吊上一串香蕉，只要有猴子伸手去拿香蕉，就用高压水枪教训所有的猴子，直到没有一只猴子再敢动手。所有的猴子在一次次惩罚的强化下，明白了那些香蕉是拿不得的，拿了就要被惩罚。后来，人和高压水枪都不再介入，笼子里的猴子还是不敢去拿香蕉。原来，猴子寻找食物的本能因为没有得到强化反而消失了。

这就是心理学上著名的强化定律实验。它证明了人或动物的本能，如果没有得到强化，最后也会消失。强化定律不仅仅是孩子学习新行为的一种心理机制，也是成人通过肯定或否定的反馈信息来修正自己行为的手段。

例如，每个人饭前便后洗手的好习惯不是与生俱来的，这种习惯是在父母或他人无数次的强制和纠正下才得以养成。新加坡素有“花园城市”的美名，市民的自律习惯更是让人称赞，但你可知道，最开始的时候，这些习惯的培养甚至动用了警察、监狱等国家机器。

所以，好习惯的养成在于不断地强化。对于成长期的孩子来说，日常生活中的好习惯和坏习惯都同时存在。如何鼓励孩子保持好习惯，矫正不良习惯，一直是困扰父母的难题。如果适当运用强化（消失）定律来做这项工作，事情就会变得容易很多。

如果父母在处理孩子的事情上奖惩分明，关注孩子正确的行为，使之强化；批评孩子的坏习惯，使之消失，那么孩子好习惯的培养一定会变得更为容易。

另一方面，孩子也会本能地使用强化（消失）定律。有时候，他们会本能地通过强化某些行为或是消除另外一些行为来训练他们的父母，而不是他们的父母训练孩子。比较常见的例子是，当一位母亲教训她女儿时，年仅五岁的女儿会说："妈妈不再爱我了。"

大部分的孩子都知道他们的父母渴望表达爱。因此，他们利用了这个微妙的问题来消除父母的惩罚行为。这样做，孩子通常能够取得成功。

当父母带着孩子到一些令人激动的地方时，比如迪士尼乐园，小孩子常常会表现出令父母非常满意的行为。比如，他们会很乖、很配合，也很好商量——这是一种不自觉的企图，其目的正在于强化或奖励父母的行为。

在一些极端的例子中，我们会看到小孩子们居然能够熟练地操纵他们的父母，从而得到自己想要的东西或是令父母做出自己所希望的行为。

作为父母，一定要确保自己在孩子的学习环境中处于控制地位，可别让你的孩子反过来操纵了你。

在孩子以"你不爱我"的理由企图逃避惩罚时，你应该比孩子更清醒地认识到，你爱你的孩子，惩罚他并不意味着你不爱他。你可以告诉他："我在任何时候都爱你。但是我必须告诉你，你做的这件事让我觉得很失望。你做错了事情不要紧，只要能改。你要明白，不管你做多少错事，你都是爸爸妈妈的孩子，爸爸妈妈永远爱你。"

> 实验证明人或动物的本能如果没有得到强化，最后也会消失。

自我设限与成功的距离

如果一个人的选择进入良性循环的轨道，他会变得越来越成功；但如果顺着原来错误的路径往下滑，就只能处在“自我设限”中打转。

生物学家做过这么一个有趣的实验：他们往一个玻璃杯里放进一些跳蚤，不过跳蚤立即轻易地跳了出来。重复几遍，结果都是一样。根据测试，跳蚤跳的高度均在其身高的100倍以上，它们称得上是动物界的“跳高冠军”了。

接下来，实验者把这些跳蚤再次放进杯子里，同时在杯口加上一个玻璃罩，“嘣”的一声，跳蚤重重地撞在玻璃罩上。跳蚤十分困惑，但是它不会停下来，因为跳蚤的生活方式就是“跳”。一次次地被撞，跳蚤开始变得聪明起来，它们开始根据玻璃罩的高度来调整自己所跳的高度。经过一段时间以后，这些跳蚤再也没有撞击到这个玻璃罩，而是在罩下自由地跳动。

几天后，实验者悄悄地拿掉了玻璃罩。跳蚤并不知道玻璃罩已经去掉了，还是按原来的高度继续跳跃。一星期后，那些可怜的跳蚤还在这个玻璃杯里不停地跳动——其实它们已经无法跳出这个玻璃杯了，因为它们已经变成了可悲的“爬蚤”！

后来，生物学家在玻璃杯下放了一个点燃的酒精灯。不到5分钟，玻璃杯烧热了，所有的跳蚤自然发挥求生的本能，再也不管头是否会被撞疼（因为它们都以为还有玻璃罩），全部都跳出了玻璃杯。

现实生活中，有许多人也在过着这样的跳蚤人生。年轻时意气风发，屡屡想尝试成功，但是往往事与愿违，屡屡失败。几次失败以后，他们便开始怀疑自己的能力，把过去的失败牢牢地刻在记忆中。他们一再降低成功的标准，看不到形势的变化，以为过去办不到的事情，今天同样也办不到。他们不敢努力向前，不敢冲破自我限制，常常是在距离成功只有一步之遥的时候放弃了。

当一个人在遭遇失败或受挫时，还会产生绝望、抑郁、意志消沉的情绪，从而错失下一次机会。这样，他们就永远生活在失败的阴影中，找不到成功的道路。

跳蚤变成"爬蚤"并不是本身已失去跳跃的能力，而是由于一次次受挫后学乖了，习惯了，麻木了。社会学家把这种失败暗示的心理现象称为"自我设限"。

"自我设限"是很多人无法取得成功的根本原因之一。他们不敢追求成功，不是追求不到成功，而是因为他们的心里已经默认了一个"高度"，这个"高度"常常使他们受限，认为这件事是没有办法做到的。其实，成功并没有想象中那么难，"高度"并非无法超越，我们只是无法超越自己的思想限制。

实际上，许多障碍刚开始在我们眼里是那么沉重和无奈，但等到我们鼓足勇气克服掉以后，才发现它不过是一层窗户纸而已，克服它并没有想象中那么难。你需要的只是调整心态，走出失败暗示的心理阴影，在没有结果前，不要轻易放弃任何一个机会。

林肯在给马维尔的信中写道："有些事情一些人之所以不去做，只是因为他们认为不可能。其实，有许多不可能，只存在于人的想象之中。"只要你走出自我限制，相信自己，想着成功，成功的景象就会在内心形成。

你还别不信，舒乐博士建成水晶大教堂的故事就能很好地说明这一点，让我们看看身无分文的舒乐博士是如何建成造价2000万美元的水晶大教堂的。

1968年的春天，罗伯·舒乐博士立志在加利福尼亚州用玻璃建造一座水晶大教堂。他向著名的设计师菲力普·强生表达了自己的构想：“我要的不是一座普通的教堂，我要在人间建造一座伊甸园。”

强生问他准备用多少钱来建造这座伊甸园。舒乐博士坚定而明快地说：“我现在一分钱也没有，所以100万美元与400万美元的预算对我来说没有区别，重要的是，这座教堂本身要具有足够的魅力来吸引捐款。”

教堂最终的预算为700万美元，700万美元对当时的舒乐博士来说是一个超出了其能力范围的数字。

当天夜里，舒乐博士拿出一页白纸，在最上方写上“700万美元”，然后又写下十行字：

一、寻找1笔700万美元的捐款。

二、寻找7笔100万美元的捐款。

三、寻找14笔50万美元的捐款。

四、寻找28笔25万美元的捐款。

五、寻找70笔10万美元的捐款。

六、寻找100笔7万美元的捐款。

七、寻找140笔5万美元的捐款。

八、寻找280笔2.5万美元的捐款。

九、寻找700笔1万美元的捐款。

十、卖掉10,000扇窗，每扇700美元。

第60天，舒乐博士用水晶大教堂奇特而美妙的模型打动了富商约翰·可林，可林捐出了第一笔100万美元。

第65天，一位倾听了舒乐博士演讲的农民夫妇，捐出第一笔1000美元。

第90天时，一位被舒乐孜孜以求的精神所感动的陌生人，在他生日的当天寄给舒乐博士一张100万美元的银行支票。

8个月后，一名捐款者对舒乐博士说：“如果你的诚意与努力能筹到600万美元，剩下的100万美元由我来支付。”

第二年，舒乐博士以每扇500美元的价格请求美国人认购水晶大教堂的窗户，付款的办法为每月50美元，10个月付清。6个月内，10,000多扇窗户全部售出。

1980年9月，历时12年，可容纳数万人的水晶大教堂竣工，成为世界建筑史上的奇迹与经典，也成为世界各地前往加州的人必去瞻仰的胜景。

水晶大教堂最终的造价为2000万美元，全部是由舒乐博士一点一滴筹集而来的。

不是每个人都要建一座水晶大教堂，但是每个人都可以设计自己的梦想，每个人都可以摊开一张白纸，敞开心扉，写下10个甚至100个实现梦想的途径。

一个人在个人生活经历和社会遭遇中，如何认识自我，在心里如何描绘自我形象，也就是你认为自己是个什么样的人——成功或是失败，勇敢或是懦弱，都将在很大程度上决定着个人的命运。

第三章

从众

为什么购物电话的线路越忙，购买产品的客户越多？
为什么我们在图书馆的时候会自然而然停止大声喧哗？
为什么医院公示爽约的病人越多，病人的爽约率反而越高？

□ 判断力：多数人的意见可靠吗?

一件事情，不论好坏，只要有人敢做，其他人便蜂拥而至。“一人胆小如鼠，二人气壮如牛，三人胆大包天”，反正人多，谁怕谁?

假如你是十字路口上的一位行人，红灯亮了，然而路面上并没有行驶的车辆。这时候，有一个人不顾红灯的警告穿越马路，接着两个人、三个人……人们蜂拥而过，置身其中的你会怎么做呢？倘若你还留在原地，不但别人会说你傻，恐怕连你自己也会这样认为了。这是“从众效应”最常见的一个例子。

从众效应是指人们自觉或不自觉地以多数人的意见为准则，形成印象、做出判断的心理变化过程，以及在信息接收中所采取的与大多数人相一致的心理和行为的对策倾向。从众效应既包括思想上的从众，又包括行为上的从众。

在研究从众现象的实验中，最为经典的莫过于“阿希实验”。

1952年，美国心理学家所罗门·阿希设计实施了一个实验，用来研究人们会在多大程度上受到他人的影响而违心地进行明显错误的判断。他请大学生们自愿做他的受试者，告诉他们这个实验的目的是研究人的视觉情况的。当其他来参加实验的学生走进实验室的时候，他发现已经有五个人先坐在那里了。于是，他们只能坐在其他位置上。事实上他们不知道，这五个人是跟阿希串通好了的假受试者。

阿希要大家做一个非常容易的判断——比较线段的长度。他拿出一张画有一条竖线的卡片，然后让大家对这条线和另一张卡片上的三条线做出比较，看它和三条线中的哪一条线等长。判断一共进行了18次。事实上，这些线条的长短差异很明显，正常人是很容易做出正确判断的。

然而，在两次正确判断之后，五个假受试者故意异口同声地说出一个错误答案。于是，许多真受试者开始迷惑了。是该坚定地相信自己的眼力呢，还是说出一个和其他人一样但自己心里都认为不正确的答案呢?

为什么人们会放弃自己的正确答案而选择和众人一致的错误答案呢?

社会心理学家发现，持某种意见的人数是影响从众行为的最重要因素。“人多”本身就是具有说服力的一个证明，很少有人能够在众口一词的情况下还坚持自己的意见。

木秀于林，风必摧之。与众不同是要承受很大的心理压力的，在一个系统内，谁做出与众不同的判断或行为，往往会被其他成员孤立，甚至受到严厉惩罚。

从众是合乎人们心意和受欢迎的，不从众不仅不受欢迎，还会引起灾祸。例如，车流滚滚的道路上，一位逆向行驶的汽车司机；弹雨纷飞的战场上，一名偏离集体、误入敌区的战士；万众屏气静观的剧场里，一位观众突然歇斯底里地大声喊叫……公众几乎都讨厌越轨者，甚至会对他群起而攻之。

美国霍桑工厂的实验很好地说明了这一点。工人们对自己每天的工作量都有一个标准，完成这些工作后，就会明显地松弛下来。因为任何人超额完成任务都可能使管理人员提高定额。所以，没有任何人去打破日常标准。这样，一个人干得太多，就等于冒犯了众人；但干得太少，又有“磨洋工”的嫌疑。因此，任何人干得太多或者太少都会被提醒，而任何一个人冒犯了众人，都有可能被抛弃。为了免遭抛弃，人们就不会去“冒天下之大不韪”，而只会采取

“随大流”的做法。

参考周围人的做法来决定自己的行为，认为大多数人采取的行为才是正确的行为，这并不是全无道理的。大多数情况下，多数人都去做的事情往往是正确的事情。周围人的做法对我们具有很重要的指导作用，可以使我们少走弯路，少犯错误。

但是，凡事有利就有弊。跟随大多数人的做法，尽管为我们的行为提供了指导，可有时候也容易使我们被它误导。甚至一条传闻经过报纸就会成为公认的事实，一个观点借助电视就能变成民意。

> 人们总是自觉或不自觉地以多数人的意见为准则，做出判断，并采取行动。

□ 与自己相似的人更容易变成参照物

科林·斯若特是电视购物节目最炙手可热的策划，担任着美国几大知名电视购物节目的编剧，她的策划案打破了家庭购物频道近20年来保持的销售纪录。

在节目中，斯若特运用的都是些最为常见的电视购物营销手段，如浮华的广告词、狂热的听众以及名人的认可。但她仅仅通过改变电视购物中的电话用语，就能使得购买产品的客户数量大幅上升。什么样的更改能让潜在客户认为将要购买的产品是非常畅销的呢？

原来，斯若特只是将购物专线的电话用语由"接线员正在等待您的来电，欢迎您立刻拨打"改为"接线员正在忙线中，请稍后再拨"。表面上看来，这样的更改说不定会让顾客产生自己会在反复重拨上浪费很多时间的感觉。其实，有这样的怀疑是因为我们忽略了人们的从众心理。

您可以试想一下，当听到"接线生正在等待您的来电"这句话时，您在脑海里会产生一幅怎样的画面呢？那么多清闲的接线生守着电话或懒洋洋地修剪着指甲、看着报纸，这幅画面传递给人们的是产品销售不佳的信息。

现在您再想一想，当您听到"接线员正在忙线中，请稍后再拨"时，您又会产生怎样的推想呢？此时，出现在您脑海中的接线员不再是百无聊赖，而是忙于接听一个又一个的购物电话，不得空暇。在修改过的电话用语影响下，顾客会想“如果电话忙，肯定是其他同样收看节目的人也正在打电话购买产品呢”。这样，顾客就会受到其他匿名顾客的行为暗示而购买产品。

由此可以看出，周围人的行为对个人有着不可忽视的影响力，虽然通常在询问研究对象是否受他人行为影响时，得到的答案都是否定的。那是因为人们并不知道自己为什么会受到周围人的影响。简单来说，当人们对一件事抱有不确定的态度时，他们更倾向于观察周围人的做法以指导自己的行为。

当人们对自己不是很有把握时，当形势不是很明朗时，也就是在不确定性占上风的时候，人们更倾向于参照别人的行为。

回想一下，当我们身处图书馆的时候，是像其他看书的人一样安安静静地看书，偶尔说话也是小声耳语？还是像酒吧里的顾客，大声喧哗的同时还玩着游戏呢？相信大多数人是前一种情况。

这里面的原因一方面是因为图书管理员的管理，另一方面则是因为人们喜欢按相似环境、场合或情景下的规范做事。也就是说，我们往往会效仿那些与我们相似的人，而不是与我们不同的人。

举个例子，如果您正在向书店老板推销软件，那么能影响他决定是否购买的，一定是其他使用过该软件的书店老板的意见，而不会是航空公司什么大人物的意见。因为书店老板会认为，既然同行对这款软件的评价这么好，我买来用也不会有错的。

如果您是一位经理，希望员工对公司的新政策加以拥护。那您需要的应该是同一个部门员工的推荐。最好的选择就是找一个也在旧制度下工作很久的员工来充当说客，即使这个人不是那么善于言辞，也不受大家欢迎。因为那些与目标人物更为相似的人的意见，会有更好的说服效果。

由此可见，相似性是从众效应更好发挥作用的另一个条件。

当人们对自己不是很有把握时，当形势不是很明朗时，也就是在不确定性占上风的时候，人们更倾向于参照别人的行为。而且人们往往会效仿那些与其相似的人，而不是与之完全不同的人。

大多数人都做的事更有吸引力

在美国亚利桑那石化森林国家公园里，游客经常会看到这样的告示："您继承的遗产每天都在减少，每年有14吨硅化木失窃，尽管一次只捡一小片。"看来，经常有游客把公园的硅化木捡回家，严重威胁了公园的生态。公园方为了制止这种行为才竖起了告示。虽然这样做的初衷是好的，但设计人不明白的是利用负面案例的弊端。这样的告示让人们看到了不当行为的普遍性，根本起不了让人们改正不当行为的作用。

为什么这么说呢？让我们来看看下面这个实验。

为了证实负面劝说的影响，科学家在亚利桑那石化森林国家公园做了一个实验。他们制作了两种内容的告示：一种是负面性的告示，同时也传达了偷窃行为的普遍性，上面写道："很多游客偷拿了硅化木，破坏了公园内的自然景观。"文字旁还配有几位游客弯腰拿木片的图片。

另一种告示只是单纯告诉人们偷拿木片是不对的。告示中写道："为保护本公园的自然环境，请不要带走园内的硅化木。"文字旁是禁止游客偷拿木片的图案（即在游客偷拿木片的图案上画了个大大的红色圆圈外加斜线）。

此外，科学家并没有在园内所有景区都贴上这两类告示。对那些没有贴告示的地方，科学家也在进行观察。

在未惊动游客的情况下，科学家把做好记号的硅化木放在园内的各个通道上，以此来观察各个通道上硅化木的失窃情况。

最后的实验结果出乎公园管理方的意料。未张贴告示的地方木片失窃率为2.92%；贴有负面告示的地方失窃率高攀至7.92%，这无疑是在鼓励偷窃；而张贴禁止类告示的地方失窃率仅为1.67%。

石化森林公园的实验表明，人们容易按大多数人的做法行事——即使多数人的做法并不正确。

类似的例子生活中还有很多。例如，健康中心或医院在候诊区公示爽约的病人人数，病人的爽约率反而越来越高；政客们责备冷漠的选民，以为这样能让人们多多投票，结果人们反而更少去投票站了。

某公司公布了一份内部调查，调查显示员工某段时间内的平均迟到率为5.3%。这项调查结果公布后的积极意义是：那些迟到率超过平均线的员工减少了迟到的次数。可是另一方面，这则消息也带来了一个令人意想不到的负面影响，就是那些原本守时的员工迟到的次数反而增加了。

公司公布调查结果的本意是想告诫那些迟到率超过平均线的员工，希望他们能够减少迟到的次数。虽然这样的目的是达到了，可是同时却使得原来守时的员工开始迟到。那么，有没有什么办法能够在告诫迟到员工的同时，也使守时的员工不受负面的影响呢?

让我们先来看看维斯·舒尔茨和一些研究人员做的一个调查。

首先，研究人员征得了加州300户家庭的同意，对这300户家庭每星期的用电量进行记录。研究人员会查看各家后院或屋旁的电表，对其每星期耗电量进行测量。之后，他们会在每户门前挂个小牌，写上这户人家与周围住户平均用电量的比较。

在接下来的几星期里，研究人员发现，知道自己用电量超过平均线的用户们，后来的电表走速降低了5.7%。这并没有什么奇怪的。真正有趣的是那些原先用电少的家庭，他们的用电量反而增加了8.6%。看来大多数人是受“中间吸引力”的影响。也就是说，不论人们原来的做法是否值得提倡，他们都会努力缩小与平均线的差距，朝中间标准靠拢。

这就不难解释为什么原本守时的员工在知道平均迟到率后会增加迟到的次数了。那么，怎样防止言行正确的人知道自己不在中线标准后，做出向它靠拢的行为呢？

也许可以给他们贴上具有象征意义的标志，以表示社会对他们行为的赞赏。因为社会的赞赏可不单单表示对他们行为的认可，还对他们的心理满足具有积极意义。

为验证这一办法是否有效，研究人员在实验中增加了一个步骤。那就是根据每户耗电量与平均水平的比较，在反馈卡片上加上笑脸或哭脸的图案。门前被贴上哭脸的家庭，也就是那些用电量较大的住户，不管门上有没有贴哭脸标志，都把自己的用电量降低了5%。而那些门上贴笑脸、用电量较低的住户的反应却令研究人员印象深刻。未贴笑脸前，他们的用电量如前所述上升了8.6%，贴上笑脸之后，他们的用电量仍然保持在平均线以下。

以上实验告诉我们，社会常态会像磁铁一样指引着人们的行为。同时，我们也知道了怎样才能让言行正确的人不被负面的社会常态所影响。

当然，我们也找到了在告诫迟到员工的同时，避免守时员工受负面社会常态影响的办法，那就是我们可以对守时的员工给予奖励，并告诉他们守时是完全正确的。

当说服过程影射不当行为的普遍性时，效果可能就会和您的初衷相违背。因此，说服过程中最好避免运用反面案例，而应该从正面进行劝说。另外，为防止言行正确的人受到负面的社会常态影响，还可以对言行正确的人表示赞扬或给予奖励。

□ 不走寻常路：脱颖而出的捷径

在特定的条件下，由于没有足够的信息或者搜集不到准确的信息，从众行为是很难避免的。通过模仿他人的行为来选择策略并无大碍，有时模仿策略还可以有效地避免风险，取得进步。然而，不顾是非曲直地一概服从多数，随大流走，则是不可取的。

法国心理学家约翰·法伯曾进行过一个很著名的“毛毛虫实验”。他在一个花盆的边缘摆放了一些毛毛虫，让它们首尾相接，围成一个圈。与此同时，约翰·法伯在离花盆六英寸的地方撒了一些毛毛虫最爱吃的松针。

由于这种毛毛虫天生有一种“跟随者”的习性，因此它们一个跟着一个，盲目地跟随着前面的毛毛虫，绕着花盆一圈圈地爬行。令法伯感到惊讶的是，这群毛毛虫当天在花盆边缘一直走到精疲力竭才停下来，其间曾稍做休息，但是没吃没喝，连续地走了十多个小时。

时间慢慢过去，一分钟、一小时、一天、两天……守纪律的毛毛虫队列丝毫不乱，依然这样没头没脑地兜着圈子。连续七天七夜之后，它们饥饿难当，精疲力竭。虽然一大堆食物就在离它们不到六英寸远的地方，结果它们却一个个地饿死了。

在对这次实验进行总结时，法伯的笔记本里有这样一句话：“在那么多的毛毛虫中，如果有一只与众不同，它们就能改变命运，告别死亡。”

毛毛虫总是喜欢盲目地跟着前面的同伴爬行，科学家把这种习惯称之为“跟随者的习惯”。其实，许多人也总是喜欢跟在别人的屁股后面走，对别人走的路盲目跟从，随大流、绕圈子，瞎忙空耗，终其一生。尽管未知的财富可能就在眼前，他们却得之甚少。要知道，无论跟别人跟得有多紧，也只能成为第二，永远成为不了第一。一直紧随别人，走别人走过的路，将会迷失自己的目标。

假如每一片云都一模一样，“黄山云海”又怎能令人称奇？假如每朵花都如出一辙，那梅、菊又怎能在文人笔下生辉？假如每棵树都惧高怕危，那松柏又怎能在万绿丛中鹤立鸡群？自然界如果千篇一律，我们将丧失许多美丽；人如果一味从众，也终将跌入失败的谷底。所以，创新才是出路。

一家大型广告公司招聘高级广告设计师，他们要求每个应聘者在一张白纸上设计出一个最好的方案，没有主题和内容的限制，然后把自己的方案扔到窗外。如果谁的方案最先设计完成，并且最先被路人捡起来看，谁就会被录用。

设计师们开始了忙碌的工作，他们绞尽脑汁地描绘着精美的图案，甚至有人费尽心思地画出诱人的裸体美女。就在其他人都手忙脚乱的时候，有一个设计师非常迅速、从容地把自己的方案扔到了窗外，并引起路人的哄抢。

他的方案究竟是什么呢？原来，他只是在那张白纸上贴了一张面值100美元的钞票，其他的什么也没画。就在其他人还疲于奔命的时候，他已经稳坐钓鱼台了。

这就是独特创意的威力!

不盲从、不做毫无个性的跟随者，最重要的就是要有自己的创意。创意就是生命活力的激发。跟在别人屁股后面亦步亦趋，难免陷入被吃掉或被淘汰的命运，不走寻常路才是脱颖而出的捷径。对个人来说是如此，对于组织来说更是如此。

当互联网经济一片繁荣时，无数的公司都将大把大把的资金砸进了网络里，网络泡沫甚嚣尘上，大家似乎都看到了新时代的财富神话。于是，越来越多的人一窝蜂地往里挤，义无反顾地往前冲。

但是，一朝泡沫破灭，浮华尽散，大家这才发现，在狂热的市场气氛下，获利的只是领头羊，其余跟风的都成了牺牲者。大多数网络公司在互联网泡沫过后，连残渣都没留下。市场用它的方式对人们的盲目跟从做出了纠正。

因此，每个人必须时刻保持警惕，不要人云亦云。事实上，保持自己的个性和创造性是非常重要的。优秀的企业之所以能够不断进步的秘密，就在于有持续不断的创新意识。

当今世界，是个性张扬的世界。社会需要的是多种多样的人才。“走自己的路，让别人去说吧！”摆脱“从众效应”，你可以创造一个只属于自己的精彩人生。

□ 抵制诱惑：关注产品的长期利益

与毛毛虫一样，旅鼠也是一种愚蠢的动物。在群体迁徙中，当一只受到惊吓的旅鼠跳下悬崖时，其他的旅鼠也会盲目地跟着它跳下去。这是因为不管是人还是动物，往往会被身旁同类的行为或者心情所影响，在形势比较好的时候从众；在遇到危机迷茫的时候，也会从众。

举个例子来说，在某个东西成为“热点”，受到大家追捧的时候，例如房子、画作等，有的人在交易过程中就很可能替它们开出越来越高的价格，仅仅因为其他人——大多数是他们没见过的陌生人——愿意开出类似的价格。要融入集体或随大流的心态是导致这种行为的强大因素。这种心态在告诉你，别想了，跟着大家做就行了，只有聪明的谈判者才不会上当。

为了避免这种情况的发生，我们应采取以下策略：

首先，对任何“热点”都持冷静态度，做好热门交易都极有可能迅速变“冷”的心理准备，迅速设立止损位，一旦热点变冷，接近止损位，立即出手。在我们进行一笔大交易之前还要有耐心，花点儿时间进行大量的市场调查、实地考察和分析工作，以此来抵制迅速达成交易的诱惑。

其次，对于热点，我们要关注长期利益，警惕那些基于“早进场，早得利”理念的交易，这种交易的高风险可谓是名声在外。

再次，我们要学会逆向思维，赶潮流的人通常要为此付出巨大的代价。因此，要逆潮流而动，挖掘从长远来看有很大发展潜力而当下还不流行的机会。

以上这些是针对“热点”来说的，相反，针对冷门，我们也不要从众，危险中总是孕育着机会，就像股票市场。一个朋友在上证A股指数1296的时候卖房子、卖车子，将筹集的200多万投进股市，有将近三倍利润的时候，他选择彻底退出股市，连基金都不买了，转而到大城市去买房子。

那么，投资中的人们是怎样利用这种从众心理呢?

首先，他们要慢慢认定一个趋势，才会从怀疑到相信，从相信到信任，从信任到信赖，从信赖到狂热。怎样达到这个目的呢？那就是在开始的几个阶段都让他们获利，这样，为了获得更多，他们也就会投入更多，而最后就是那些玩弄思维的高手收获的时间。所以，一个人在投资领域是否能躲开陷阱，关键就在他能否摆脱“从众效应”的影响。

“股神”巴菲特是全世界皆知的投资大师，他的投资故事像神话一样被到处传诵。从20世纪60年代廉价收购了濒临破产的伯克希尔公司开始，巴菲特创造了一个又一个的投资神话。他不仅避过了美国纳斯达克科技股的大崩溃，而且在全球股市大幅下跌的时候仍然能跑赢大市。

有人计算过，如果在1956年，你的祖父母给你10,000美元，并要求你和巴菲特共同投资，那就是很有远见或者说你非常走运。因为你的资金会获得27,000多倍的惊人回报，而同期的道琼斯工业股票平均价格指数仅仅上升了大约11倍。

无怪乎有些人把伯克希尔股票称为“人们拼命想要得到的一件礼物”。在美国，伯克希尔公司的净资产排名第五，位居时代华纳、花旗集团、美孚石油公司和维亚康姆公司之后。巴菲特能取得如此疯狂的成就，得益于他自己所信奉的“投资圣经”，也是后来为全球各地股票玩家竞相追逐的金科玉律——巴菲特定律，即“在其他人都投了资的地方投资，你是不会发财的”。

巴菲特在股票的选择上从来不人云亦云，他只选择自己认为好的、有经济特点的公司，并且一旦选中了就长期持有，轻易不会出售，根本不管短期内别人的评价。也许这个道理大家都懂，可是很多人在从众效应面前却不能坚持自己的判断。1985年，巴菲特在伯克希尔·哈萨维公司的年报中讲了这样一个有趣的故事。

一位石油大亨正在向天堂走去，但圣·彼得对他说："你有资格住进来，但为石油大亨们保留的大院已经满员了，没办法把你放进去。"这位大亨想了一会儿后，请求对大院里的居住者说句话。

这对圣·彼得来说似乎没什么坏处，于是，圣·彼得同意了大亨的请求。这位大亨双手拢起嘴大声喊道："在地狱里发现石油了！"大院的门很快就打开了，里面的人蜂拥而出，向地狱奔去。

圣·彼得非常惊讶，于是请这位大亨进入大院，并要他自己照顾自己。大亨迟疑了一下说："不，我认为我应该跟着那些人。这个谣言中可能会有一些真实的东西。"说完，他也朝地狱飞奔而去。

在生活中，我们是不是也会偶尔犯与那位石油大亨相同的错误呢？一味盲目地从众，可以扼杀一个人的积极性和创造力。能否减少盲从行为，运用自己的理性判断是非并坚持自己的判断，是成功者与失败者的分水岭。美国西南航空公司就是一个不盲从、开辟自己领域的很好的例子。它深谙巴菲特"在其他人都投了资的地方投资，你是不会发财的"这一道理。

"9·11"事件以来，美国航空业就被破产、裁员等坏消息所笼罩。然而，美国西南航空公司却创下了连续29年赢利的业界奇迹。能取得这样的成功，在于西南航空在自己竞争对手不注意、不注重的地方找到了属于自己的财富增长点。它始终坚持"低成本营运和低票价竞争"的策略。

西南航空主营国内短途业务，由于每个航班的平均航程仅为一个半小时，因此西南航空只提供软饮料和花生米，这样既可以将非常昂贵的配餐服务费用还之于民，又能让每架飞机净增七到九个座位，每班少配备两名乘务员。

西南航空公司还避免与各大航空公司正面交手，专门寻找被忽略的国内潜在市场。在《北美自由贸易协定》签署后，人们普遍认为总部位于得克萨斯州的西南航空公司最有条件开辟墨西哥航线，但西南航空公司抵御了这种诱惑。它遵循“中型城市、非中枢机场”基本原则，在其他一些公司认为“不经济”的航线上，以“低票价、高密度、高质量”的手段开辟和培养新客源，取得了巨大的成功。

在西南航空公司的大多数市场上，它的票价甚至比城市之间的长途汽车票价还要便宜。一些“巨人级”航空公司称西南航空公司是“地板缝里到处蔓延的蟑螂”——可以感觉到，但就是无法消灭掉。从成立之初的三架飞机发展到如今，西南航空的宣传小册子不无自豪地宣称：不管在美国的哪个地方，只要开车两个小时，就能坐上西南航空公司的航班。

无论是投资还是经营企业，我们都要善于找到自己的财富增长点。随大流、一窝蜂是到不了成功的彼岸的，只有摆脱从众效应的束缚，才能在事业上取得进步，获得更大的成功。

热门交易有可能会迅速变“冷”，相对而言，冷门中也蕴含着机会。在其他人都投了资的地方投资，你是不会发财的。

□ 把握市场节奏，从“投机”中获利

1593年，一位维也纳的植物学教授带了一株郁金香到荷兰。此前，荷兰人从没见过这种土耳其栽培的植物。没想到的是，荷兰人竟然对郁金香如痴如醉。教授认定可以借此大赚一笔，便把郁金香的售价抬得很高。

一天深夜，一个窃贼破门而入，偷走了教授培育的全部郁金香球茎，并以很低的价格把球茎卖光了。就这样，郁金香被种在了千家万户的花园里。

后来，郁金香受到花叶病的侵害。病毒使花瓣生出一些反衬的彩色条块——有人把它形容成“火焰”。富有戏剧性的是，这种带病的郁金香成了珍品，以至于一个郁金香的球茎越古怪价格就越高。

于是，有人开始囤积带病的郁金香，又有更多的人出高价从囤积者那儿买入并以更高的价格卖出，一个快速致富的神话开始流传。贵族、农民、女仆、烟囱清扫工、洗衣老妇等等先后都被卷了进来，每一个被卷进来的人都相信会有一个更大的笨蛋愿出更高的价格买走郁金香球茎。

1598年，最大的笨蛋终于出现了，持续了五年之久的郁金香狂热迎来了最悲惨的一幕，所有郁金香球茎的价格很快跌到了一只洋葱头的售价。那些没有卖出的郁金香只能烂在花园里，而对于那些囤积者来说，所有的财富顷刻间都化为乌有。

你之所以完全不管某个东西的真实价值，即使它一文不值，你也愿意花高价买下，那是因为你预期会有一个更大的笨蛋出更高的价格，从你那儿把它买走。这就是马尔基尔归纳的“最大笨蛋理论”。

投机行为的关键就是判断有无比自己更大的笨蛋，也就是说要能够正确把握大众的心理倾向，期货、证券，甚至赌博都是这个道理。只要自己不是最大的笨蛋，那剩下的就只是赢多赢少的问题。就如同你不知道某只股票的真实价值，但为什么你会花20块钱去买一股呢？因为你预期会有人花更高的价格从你这儿把它买走。

20世纪最伟大的经济学家之一凯恩斯就是一位能够正确把握大众心理的“投机”高手。这位经济学家在剑桥大学任教期间，以几千英镑的积蓄开始进行国际外汇期货的投资。他在短短的时间内就积累了200万美元的资产。在他看来，市场是在大多数人的影响下发生变化的，一个普通投资者是没有办法，也不可能去左右市场的。所以，普通投资者要做的就是踩准市场的节奏，而不是试图去引导市场。

由此看来，对于投机行为，只要我们正确把握了大众心理的倾向，踩准了市场的节奏，就能获利，否则，我们就会是那个最大的笨蛋。

对于投机的商品来说，如果找不到愿出更高价格的笨蛋从你那儿把其买走，那你就是最大的笨蛋。

第四章

威慑力

为什么不愿发放贷款的银行经理在客户几个电话后突然殷切起来？
为什么日本人宁可多花招待费，也要把谈判争取到自己的国家？
为什么经济界的名人在法国餐厅点餐时会显得局促不安？

□ 空城计：赢在气势

威慑是以各种强烈的刺激手段，给对手造成心理恐惧，使之失去正常的控制能力，造成惊慌失措、丧失信心和理智，以削弱其抵抗意志和战斗能力。

威慑策略在军事上最常见。

西汉时期，北方匈奴势力逐渐强大，不断地兴兵进犯中原。汉景帝任命“飞将军”李广为上郡太守，抵挡匈奴南进。

一天，皇帝派到上郡的宦官带人外出打猎，遇到三个匈奴兵的袭击，宦官受伤逃回。李广大怒，亲自率领一百名骑兵前去追击。一直追了几十里地，终于追上，杀死两人，活捉一人。正准备回宫时，忽然发现远处奔来数千名匈奴骑兵。匈奴骑兵这时也发现了李广一行人，但见他们只有百名骑兵，以为是为大部队诱敌的前锋，不敢贸然攻击，急忙上山摆开阵势，观察动静。

李广手下的骑兵见状大惊，皆拍马欲退。李广制止说：“我们只有百余骑且远离大营，如果惊慌撤退，匈奴肯定会追杀我们。现在最好的办法是留下来。这样，匈奴就会以为我们是大军的诱兵而不敢贸然进攻。”

于是，李广率领部下继续行进，直至距离敌阵仅二里地的地方，李广命令骑兵全部下马解鞍，原地休息以迷惑敌人。

匈奴军由于摸不透李广的用意，果然不敢轻易出击，便派了一名军官出阵观察形势。李广立即跃马弯弓，带领十多名骑兵冲上去，只一箭就将骑白马的人射落马下。然后迅速回自己的队伍中，卸下马鞍，并让士兵们继续放马吃草，原地休息。匈奴部将见此情形，更加恐慌，料定李广胸有成竹，附近定有伏兵。

就这样，一直等到日暮，匈奴还是摸不清李广的虚实，始终不敢下山。到了半夜，匈奴担心遭到汉军伏兵的袭击，便趁夜撤退了。结果，李广及部下全都安全返回大营。

李广一行人本来兵力空虚，在面对数千名匈奴骑兵时却故意显示不加防守的样子，这样就让对方难以揣摩，使得对方最终因惧怕遭到伏兵袭击而自行退去，这唱的就是一出空城计。不过，空城计唱得最精彩的还要数三国时期的诸葛亮。

公元229年，蜀国丞相诸葛亮兵出祁山，与魏兵展开了一场激战。由于诸葛亮错用马谡，致使街亭失守。街亭既失，魏军便可四面合围，断了蜀军的汲水道路，那时蜀军即使插翅也难脱身。事已至此，诸葛亮只得密传号令，让大军暗暗收拾行装，准备启程退回汉中。诸葛亮暗暗对众将布置了一番，众将领命而去。

诸葛亮分拨已定，便先派一部分士兵退到西城县搬运粮草。正在这时，哨兵忽然飞马来报："丞相，大事不好了！司马懿率领大军十五万，正向西城蜂拥而来。"如此一连报了十几次。当时诸葛亮身边并无大将，只有一班文官。他所率领的五千兵马，已经分一半先运粮草去了，其余的人尚在城中。众人听到这个消息，都吓得惊慌失措，不知如何是好。

诸葛亮登上城楼观望敌情，果然见远处尘土冲天，魏军兵分两路，直向西城杀来，声势浩大。不过，诸葛亮并没有像众人一样惊慌失措。他走下城头，镇定自若地吩咐将所有的军旗尽皆放倒，停止击鼓，并规定所有的人员各守城上巡哨的岗楼，不得随意出入，不得高声喧哗，否则军法从事。又令大开城门，每一门用二十名老弱残兵扮作百姓的样子，洒扫街道。

布置停当，诸葛亮便披上鹤氅，戴上纶巾，领着两个小童子，携着一张琴登上城楼，凭栏而坐，焚香操琴。

不一会儿，司马懿的前军便到了城下，见蜀军如此情景，心中都很惊恐，谁也不敢贸然行动，于是急忙报告司马懿。司马懿有些不信，急忙命人马停止行进，他自己策马而来，远远观察着城中的动静，却只见诸葛亮正坐在城楼上，笑容可掬，焚香弹琴，态度从容，琴声不乱。左边有一童子，手捧宝剑；右边有一童子，手执拂尘。他们都显得很从容，丝毫不见慌忙之色。城门内外，有二十多名百姓，正在低头洒水扫地，个个旁若无人，扫得十分仔细。

司马懿看罢大为惊疑，以为城中必有伏兵，城门大开，乃是诱兵之计，于是退回中军，吩咐将后军变作前军，前军变作后军，径往山路退走。次子向司马懿问道：“莫非诸葛亮并无兵马，故意做出此态？父亲何故却要退兵呢？”司马懿说道：“诸葛亮平生谨慎，不曾冒险行事。今日大开城门，必定设有埋伏。我军若进，必会中了他的诡计。你们这些人怎会知道这些呢？还是迅速退去要紧。”于是，两路魏军尽皆退去，顷刻间走得一干二净。

诸葛亮见魏军撤走了，顿时拊掌大笑。众官无不惊出了一身冷汗，此时刚刚松了一口气，便问道：“司马懿是魏国的名将，如今统率十五万精兵到此，见了丞相却马上退走了，这是为什么呀？”诸葛亮笑道：“司马懿知我平生谨慎，必不会冒险，见我如此模样，便怀疑我设下了伏兵，所以引兵退去。他必会率军向山北小路而去。我已令关兴、张苞二人在那里等候。”

众人听后，都惊讶地叹服道：“丞相的谋略真是神鬼莫测。若依我们这等人之见，必会吓得弃城而逃了。”诸葛亮说道：“我军士兵只有两千五百人，如果弃城逃走，必不会逃远。那时岂不被司马懿活捉了吗？”

司马懿回到驻地，方才醒悟自己上了大当，于是率兵又到西城。此时蜀军早已撤回汉中去了。左右百姓告知说，孔明（诸葛亮的字）只有两千五百名军士，身边并无武将，只有几个文官，根本没有埋伏，关兴、张苞的军士虽然满山呐喊，其实也不过是三千人。司马懿听后懊悔莫及，仰天叹道：“我司马懿不如孔明啊！”

威慑分感性威慑和理性威慑两种。这是依据对心理刺激的不同程度来划分的。理性威慑是用威胁、恫吓和虚张声势等方式，使对手恐惧而丧失理智，意志松懈，人心涣散，以削弱其抵抗能力。感性威慑则是以各种武器或其他刺激性的声、光、音响等，直接作用于人们的感官，达到破坏人们正常心理的机能，使之产生强烈恐惧感的目的。当然，这两种威慑方式还可以结合在一起使用。

例如，美军在越南战争中使用的地毯式轰炸方式。美军每间隔五十米距离就投下一枚炸弹，对目标区进行大面积盲目轰炸。当然，地毯式轰炸可以大面积地杀伤对方。另一方面，持续不断的爆炸声对涣散敌人的军心、威慑敌军，更是一帖灵丹妙药。

2003年3月，美国把对伊拉克首都巴格达实施的大规模轰炸称之为“威慑战略活生生的实例”，认为“威慑将成为信息化战争的一种重要战略行动。这种战略行动虽然野蛮，但却是一种能迫使敌人屈服的精确战术”。

其实，威慑不只是用在军事上，它还可以运用到生活的方方面面。

通常，假想的威慑力对人们的思想和行为产生十分强大的暗示、制约力量。它不让人们去进行理性的思考，只要求人们无条件地承认、服从。

跆拳道要求在气势上给人以威严，多以发出洪亮并带有威慑力的声音来显示自己的能力。尤其是在竞技跆拳道比赛中，双方练习者都会以规则允许的发声来提高自己的斗志，借以在气势上压倒对手，甚至在出击时配合击打效果使裁判得以认可，争取在心理上战胜对手。所以，跆拳道练习者都要进行专门的发声练习。

在足球场上，身材高大的运动员在场上具有强大的威慑力，1988年，荣获“世界足球先生”称号的古力特，皮肤浅黑，有“重型轰炸机”的美称，在球场上给对手带来很大的心理压力。

> 心理战的要旨在于攻心夺气乱谋，促其在理智上犯错误，做出导致失败的判断和决策。首先从气势上、心理上击败了对手，就能达到不战而胜或小战大胜的目的。

□ 奖励和惩罚，哪个更有效?

战国时期，一到冬天，鲁国都城南门附近的人们就会到城门附近的芦苇荡子里打猎。由于那里湿度适宜，生长着肥美的野草，所以，有数不清的鱼虾和飞禽走兽，来这里打猎的人络绎不绝。

一天，有人为了一时之利，竟然放了一把火来捕杀猎物。火借风势，很快蔓延开来，马上要烧到都城了，但却没有一个人去救火，因为大家都在兴高采烈地追逐着四处逃窜的动物。

鲁哀公在宫中听到火灾的消息，大吃一惊，赶忙派人去救火。但是，被派去的人也跟着众人追逐火海中逃出来的猎物。看到这乱糟糟的情形，鲁哀公不知所措，担心再延误下去都城就要化为灰烬了。

这时，宫中一位大臣说：“在这样危急的情况下，我们没有设置任何奖赏和惩罚，他们当然不愿意冒险去灭火。更何况趁机捕杀猎物不仅有利可图，也有趣味，他们自然趋之若鹜，出现这种情况也是在所难免的。”

鲁哀公心中正焦急，听到这句话后说：“这好办，传令下去，凡是救火的人就是为挽救都城立下功劳的人，一定会得到重重赏赐的！”

那位大臣赶忙说：“这样也不太好。现在一团糟，不清楚谁在救火，谁在追逐猎物。至于谁的功劳大谁的功劳小，也没有办法评定。况且还有一个重要的问题，现在人这么多，用这么多的财富去赏赐实在是不划算啊！”

鲁哀公想想觉得也对，又开始发愁，说：“那该怎么办呢？”

大臣回答道：“既然奖赏不行，那为什么不惩罚呢？我们可以规定，捕杀猎物者视同玩忽职守，不救火的人等同于战场上的逃兵。一旦被发现，不管是谁，都要以军纪处罚，不留半点儿情面！这样不用花一分钱，就能达到目的。您觉得怎么样？”

鲁哀公一听赞不绝口，立即传令下去。在场的人都害怕了，纷纷救火。有的脱下自己的衣服扑灭火苗；有的拿工具切断火路，防止火势向四周蔓延；有的铲土掩埋即将复燃的灰烬……不一会儿，大火就被扑灭了。

宫中这位大臣正是利用“赏罚分明需有度”这一点，抓住人们害怕受到惩罚的心理，以法治事，终于团结人心，扑灭大火。

唐宪宗时期，兖州太守令狐楚严厉惩处奸商，稳定粮价，用的也是人们担心惩罚、害怕损失的心理。

令狐楚赴兖州上任时，兖州正遭受严重的旱灾，庄稼颗粒无收，民不聊生。到处都是一片凄凉破败的景象——干枯的禾苗，乞讨的百姓，整个兖州没有一丝生机。令狐楚看着，心情十分沉重。

到了兖州城中，令狐楚看到街市上的粮店却照样挂着招牌，不过粮食的价格奇高。这样高的粮价，穷人们根本买不起！令狐楚不禁恼怒，心想原来是这帮粮商趁机发不义之财，抬高物价啊！难怪当地百姓背井离乡，乞讨逃荒。于是，他下决心要降低粮价，让百姓吃上廉价的粮食，同时严厉惩处奸商。

令狐楚还没有走到州府，那些官吏就前来迎接，争先恐后地和他打招呼，套近乎。令狐楚便趁机同他们寒暄起来，然后把话题引到旱灾上。

他不慌不忙地问：“现在兖州城内有多少粮库？大约存了多少粮食？”

一旁的官吏大献殷勤，为了表明自己对州内事务的熟悉，他们毕恭毕敬地回答："粮仓一共有二十个，平均一个存粮五万担，应该没有后顾之忧。"

"那粮价多少？"

这下大家都不敢开口说话了，一片沉默。令狐楚此时已经明白了几分，其中肯定有鬼，一定是官吏和奸商勾结起来，从中作梗，牟取暴利。

于是，令狐楚不紧不慢地说："现在旱灾把百姓害苦了，这些粮食本来就是取之于民，现在也应该用之于民。明天就把粮仓打开以最低价出售粮食，救济百姓，你们觉得这个主意怎么样？"

众官吏见新太守主意已定，都附和着点头，说："大人仁慈，这样不仅可以救灾，还能树立朝廷爱民的形象。好主意！好主意啊！"

令狐楚立即命令随从张贴告示，安抚民心。这个消息一传出，百姓都欢呼雀跃，奔走相告，而那帮趁火打劫的奸商却开始愁肠百结了。如果州里的粮食价格低廉，自己囤积的粮食就会无人问津，时间一长，就会受潮霉烂，岂不是要赔钱？他们索性清仓处理自己的粮食，而且价格比州里定的还低。百姓看到粮价一个比一个低，拍手称快。

其实，令狐楚只是用了一个小小的手段。他故意放出消息说要开仓放粮，事实上也只放出了部分粮食。那些粮商害怕赔得太多，只好出售一点儿算一点儿，争相低价抛售。令狐楚只几句话，一个告示，就轻而易举地安定了民心，稳定了形势，手段可谓高矣！

正所谓怕什么就给他来什么，抓住人们心中的畏惧心理并且善加利用，就能很好地发挥心理威慑的效力。

虚张声势也能获利

希尔顿酒店是世界著名的大饭店，它的创始人希尔顿先生曾是一名军人，还参加过第一次世界大战。大战结束后，退伍回家的希尔顿在得克萨斯州寻求发财的机会，最后买下了莫希利旅店，从此翻开了希尔顿王国辉煌的第一页。

创业之初，资金匮乏、举步维艰。特别是在修建达拉斯希尔顿饭店时，建筑费竟然需要一百万美元，希尔顿一筹莫展，急得像热锅上的蚂蚁。最后，他灵机一动，找到了卖地皮给他的房地产商人杜德，并告诉他说："如果饭店停工，附近的地价将大大下跌，假如我告诉别人饭店停工是因为位置不好而将另选新址，那你的地皮就卖不了好价钱了。"

杜德仔细一想，的确如此，他当然不会让自己陷入这般困境，于是同意帮助希尔顿将他的饭店盖好，然后再由他分期付款买下。

希尔顿在进退两难之际，巧妙地运用威慑战术，最终说服了地产商杜德乖乖地接受了他的要求，帮助自己建好了饭店。此举并未付出太大的代价，只是虚张声势，稍费了些口舌，就"不战而屈人之兵"，如愿地达到了自己的目的。

平常能够运用威慑战术的地方有很多。如果对方不小心犯了点儿小错，除了虚张声势外，还可以借题发挥，小题大做，以此来威慑对方。

美国密德兰地区一家银行有一位非常难缠的客户埃利。他在经济景气的时候，有过一段辉煌灿烂的时光，但后来由于经济萧条，他的公司资金周转出现困难。

由于过去埃利所经营的顾问公司一直和银行保持良好的关系，因此银行也一直认为他所经营的公司是一家运营良好的企业公司。但是，出于各种各样的因素，银行却不愿意给予他太多的贷款。埃利希望能够找到机会重建昔日辉煌，只能千方百计地恳请银行能贷款给他，但是都未能如愿。

经过一段时间后，埃利终于想到了另外一种方式——罗列所有的罪状，削弱对方的气势。于是，他便让会计部门整理出好几条抗议事项。

银行对于客户的这种抗议，显然有些措手不及。银行经理便立刻打了道歉的电话。但是，埃利又以银行办事能力太差、手续太慢，致使该公司向外国购买一项产品的计划被拖延而蒙受重大损失，大为不满。

还有一件事，因为银行职员的一时疏忽，使得一笔原来应该存入埃利账户的款项，阴错阳差地存入了另一家公司的账户。为了这件事，他又借题发挥地大发雷霆，并把银行以往所犯的种种“罪状”全部列举出来，要银行做出解释以及提供具体的解决办法。

两个星期之后，埃利认为时机已经成熟了。此时，在犯了那么多错误之后，那位银行经理心中已做了最坏的打算，准备接受一切严厉的批评和处罚。这时，埃利反而打电话来。意外的是，他对于过去所发生的事竟然绝口不提，反而以轻松的语气问道：“对于两年以上的贷款应该怎么算？”

那位经理在事前一直预想银行方面会遭受激烈的攻击，但听到埃利的口气并不严重，便松了一口气，将利息的算法详细地说明出来。

“这样贷款是不是一般市面上最有利的方式？”

“当然！”经理赶快回答。

“据我所知道的，这是目前最有利的一种贷款方式。”经理的语气十分惶恐，生怕再得罪这位难缠的客户。埃利很希望和银行恢复往来，并要求银行的经理让他获得一笔贷款。结果，银行经理真的答应了他的要求。

找出对手的弱点，再小的弱点也可以借题发挥，虚张声势，从而起到威慑对手的作用，让自己获得更大的利益。

适时沉默更有作用

除了借题发挥，虚张声势外，沉默也是一种威慑力，沉默的人总让人感觉到一种威慑力。因为沉默的人就是保守秘密的人，秘密保留得越多，权力就越大。电影里的特务头子通常是一个沉默寡言的人，因为他知道太多置人于死地的秘密，所以必须少说。

陆象先是唐朝末年的宰相。都说宰相肚里能撑船，陆象先的气度确实不小，喜怒都不形于色，让人无法揣摩。

陆象先早年担任过同州刺史。在他担任刺史期间，有一天，陆象先的家童在路上遇到了他的下属参军，但是这个家童没有下马。在那个时候，奴仆见到当官的人不下马，是不礼貌的行为。虽然家童没有下马是不礼貌，可是这也并不是什么非常严重的事情，因为这个家童未必认识那位参军。就算认识，也许家童是压根儿没看到那位参军呢!

可是，参军却非常生气。他大发雷霆，拿起马鞭就狠狠地抽打了家童一顿。可能是为了显示自己并不畏惧刺史大人，所以这个参军打完家童后，还挑衅似的跑到陆象先的府上，对他说：“下官冒犯了大人，请您免去我的官职。”

参军这么说的言下之意就是：如果你因为这件事免去了我的官职，那就说明你袒护家童；而你如果不免去我的官职，那就证明你好欺负。

陆象先早就知道了事情的经过，于是答复参军说："身为奴仆，见到做官的人不下马，打也可以，不打也可以；下属打了上司的家童，罢官也可以，不罢官也可以。"说完这句话，陆象先就把这个参军晾在一边，根本不管他了。参军一个人在边儿上站了半天，也不知道陆象先到底是什么意思，也揣摩不透陆象先的态度，只好灰溜溜地退了出去，从此收敛了很多。

人们在日常生活中不可避免地会有各种摩擦和冲突。在你不想让矛盾激化、摩擦升级而又想吓阻对手的时候，你就可以学学这种方法：给对手一种缓和的威胁或是沉默。也就是说，用对手无法揣度的结果去威慑对手。既然是有可能发生，那就存在着不确定性，让对手不能够把握形势的变化。对手把握不了形势的变化，自然无法采取行动，这样就会迫使对手忍耐下来。

> 给对手一种缓和的威胁或是沉默。也就是说，用对手无法揣度的结果去威慑对手。既然是有可能发生，那就存在着不确定性，让对手不能够把握形势的变化。

在熟悉的环境中谈判更容易成功

对于大多数人来说，从法国菜单上点菜是件非常不自在且令人难以忘怀的经历。也许招待那隐约可闻的法国腔或者饭店那高雅的气氛会把我们弄得局促不安。不管出于什么原因，如果选择在这类饭店进餐，多数人都会有种被威慑的感觉。

一位记者曾采访过一位经济界名人。这个人的名字经常被刊登在最权威的经济杂志上，他的年薪达到了七位数。可是当他在法国餐厅吃饭时，却因为在男招待面前不会点菜而像个做错事的孩子。

记者很震惊，因为他目睹了这位极富有的人完全被男招待给威慑住了！这使记者得到了一个终生难忘的教训：“当你身处他人领地时须谨慎，否则你会受到迎头痛击。”

从这个事例中，我们可以了解到，为什么在谈判时，日本人宁可多花招待费，也要把谈判争取到自己的主场。

日本的钢铁和煤炭资源短缺，渴望进口煤和铁。澳大利亚盛产煤和铁，并且在国际贸易中不愁找不到买主。按理说，日本人应该到澳大利亚去谈生意，但日本人总是想尽办法把澳大利亚人请到日本去谈生意。

澳大利亚人一般都比较谨慎，讲究礼仪，而不会过分侵犯东道主的权益。

澳大利亚人到日本去后，日本方面和澳大利亚方面在谈判桌上的相互地位就发生了显著的变化。澳大利亚人过惯了富裕的舒适生活，他们的谈判代表到了日本之后，没几天就急于回到故乡别墅的游泳池、海滨和妻儿身旁去。因此，他们在谈判桌上常常表现出急躁的情绪。

日本人在了解了澳大利亚人恋家的特点之后，更是宁可多花招待费用，也要把谈判争取到自己的主场进行。这样，作为东道主的日本谈判代表就能充分利用主场优势掌握了谈判的主动权，使谈判的结果最大限度地对己方有利。结果日本方面仅仅花费了少量招待费作为“鱼饵”，就钓到了“大鱼”，在谈判桌上取得了许多好处。

有时候，在和谈判对手你来我往时，常会感到自己置身于不利的处境中，但一时又说不出为什么。比如，座位刚好晒到太阳，阳光刺眼导致看不清对手的表情；会议室纷乱嘈杂，常有噪音，以至于听不清对方谈话的内容；连续谈判，使我方疲劳得不想再谈，急于结束谈判，而在我方疲劳和困倦的时候，对方会提出一些细小但比较关键的改动让人难以觉察。

更有甚者，利用外部环境形成压力。例如，我国知识产权代表团首次赴美谈判时，纽约好几家中资公司都“碰巧”关门，忙于应付所谓的反倾销活动。其实，美方是企图以此对我代表团造成一定的心理压力。

所有这些场景，都属于谈判对手的主场优势。这些优势有可能是客观条件，也有可能是主动设置，但它们蕴含的原理都一样，利用心理战术——“居家效应”。这是因为在自己的领地，我们通常比陌生人生活的时间要长，在熟悉环境这方面占有优势。而陌生人由于环境的生疏和时间的关系，对很多事情都表现出好奇和笨拙的情形。所以在很多谈判与社交领域，很多人都选择主场优势，来发挥自己的居家效应，这也是球场上主客队的战绩区别很大的原因。

一个人在自己最熟悉的环境中，言谈举止都会表现得最为自信和从容。在自己的领地上，我们比陌生人更熟悉环境，首先在心理上就已经占了优势，因而更容易获得谈判的胜利。

别把困难想得太大

弗洛姆是美国著名的心理学家。一天，几个学生向他请教：心态对一个人会产生什么样的影响？他微微一笑，什么也不说，就把他们带到一间黑暗的房间里。

在弗洛姆的引导下，学生们很快就穿过了这间伸手不见五指的神秘房间。接着，弗洛姆打开房间里的一盏灯。在这昏黄如烛的灯光下，学生们才看清楚房间的布置，不禁都吓出了一身冷汗。

原来，这间房间的地面就是一个很深很大的水池，池子里蠕动着各种毒蛇，包括一条大蟒蛇和三条眼镜蛇。还有好几条毒蛇正高高地昂着头，朝他们“咝咝”地吐着芯子。水池上面有一座桥，刚才他们就是从这座桥上走过去的。

弗洛姆看着学生们，问：“现在，你们还愿意再次走过这座桥吗？”大家你看看我，我看看你，都不作声。

“啪”，弗洛姆又打开了房间里的另外几盏灯。学生们揉揉眼睛仔细看，才发现在小木桥的下方安着一道安全网。

弗洛姆大声问：“你们当中有谁愿意现在就通过这座小桥？”学生们没有作声，谁也不敢上前。

“现在看到了安全网，你们为什么反而不愿意过桥了呢？”弗洛姆问道。

“这张安全网的质量可靠吗？”有学生心有余悸地反问道。

弗洛姆笑了：“我可以解答你们当初的疑问了。这座桥本来不难走，可是桥下的毒蛇对你们造成了心理威慑。于是，你们就失去了平静的心态，乱了方寸，慌了手脚，表现出各种程度的胆怯。其实，水池里那些蛇的毒腺早已经被除掉了。”

其实，人生也是如此。在面对各种挑战时，也许失败的原因不是因为势单力薄，不是因为智力低下，也不是没有把整个局势分析透彻，反而是因为把困难看得太清楚，以至于被困难吓倒，举步维艰。

很多时候，失败只是因为把困难看得太清楚，以至于被困难吓倒，举步维艰。很多时候，人们做事之所以会半途而废，往往也是因为被未知的困难吓倒，觉得成功离自己很远。

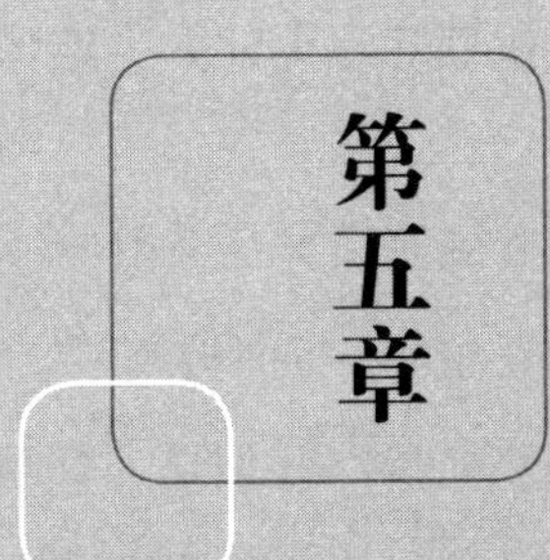

第五章

权威

为什么人们愿意相信知名人士的评价和权威机关的数据?
为什么修理师搬到好的办公地点，顾客对他的信任就增强了?
为什么得到权威人士的肯定后，学生的各个方面都有了异乎寻常的进步?

权威的意见让人少走弯路吗?

权威是人类社会中一种毋庸置疑的、强制性的力量，能使人们无条件地遵从，它在很多方面构成了权力的基础。

小时候，我们认为父母和老师的话是权威的、正确的、不可违抗的。比如，学校出的试题是权威的，答案是权威的，如果答不出来或者答得不对就会受到惩罚；老师指定的参考书目是权威的，既然是老师指定的，就说明考试很可能会考，对我们的复习有帮助，肯定不会出错；政府发布的政策是权威的，政府所颁布的就肯定不会错，在很大的程度上是为百姓着想……甚至连广告也可以说是有权威的，至少能告诉我们哪个牌子的东西是好用的，或者说是大家都比较喜欢用的。自己喜欢的电影明星也是有权威的，大多数“粉丝”会认为自己的偶像不论说了什么、做了什么都是对的。

长大后，发现准确答案原来还可以有另外一种解答，参考书中也不乏错别字；政府的政策有时候也只顾局部利益；广告就更假了，很多产品其实不过是包装和宣传而已；小时候那么喜欢的电影明星，居然也被狗仔队追着骂，翻天覆地的负面新闻……但在这之前，他们都是我心目中及他人心目中的权威。因为他们在某些方面的成就已经为人们所认可，所以当他们对某些事情发表意见时，人们也用直接的因果联系肯定了他在这件事情上的错与对。

麦哲伦是环绕地球一周的大航海家，他的成功来源于西班牙国王的支持。可是，他是如何说服西班牙国王来支持他的呢？原来，麦哲伦之所以能够成功，是因为他巧妙地利用了“权威效应”，让著名的地理学家路易·帕雷伊洛去说服西班牙国王卡洛尔罗斯，从而获得了帮助。

当时，自哥伦布航海成功以来，许多投机者或骗子为求得资助，频频出入王宫。麦哲伦为表明自己与这些人不同，在觐见国王时特地邀请了著名的地理学家路易·帕雷伊洛同去。

帕雷伊洛将地球仪摆在国王面前，历数麦哲伦航海的必要性及各种好处，说服卡洛尔罗斯国王颁发航海许可证。就这样，麦哲伦便开始了他的航海之旅，并且带回了很多关于地理的知识。然而航海结束后，人们却发现，麦哲伦对世界地理的认识是有错误的，他所计算的经度和纬度也有诸多偏差。

可见，卡洛尔罗斯国王只是因为“专家的建议”而认定帕雷伊洛的劝说值得信赖。同样的，在适当的时候运用专家的权威，也能够助你一臂之力。比如，在劝说对方时，随意地提起知名人士或权威人士，或者引用专家的意见并在言谈举止中表露出你对这些人十分熟悉，将会大大提高你的成功率，因为人们总是愿意相信权威的意见的。

权威的意见，有时会让我们少走弯路，可权威并不意味着是完全正确的。过分迷信权威其实是很危险的，有时还会带来严重的灾难，就像下面所说的飞机失事。

1982年，佛罗里达航空公司的90次班机坠毁在波托马克河，机长、副机长和飞机上其他76名人员死亡。在调查后发现，这起坠机事件的原因就是机翼上的冰。其实，副机长在起飞前已经考虑到这个问题了，他还提出在起飞前要检查一下机翼上的冰是否会存在安全隐患。遗憾的是，由于时间来不及，这个问题并没有引起机长足够的重视，而且机长认为这并没有什么大问题。副机长在机长的权威影响下，也就认为不会有安全隐患。就这样，一起空难发生了。

在这个案例中，机长的权威导致了悲剧的发生。处于领导地位的人，常常意识不到自己的职位与权威对周围人的影响。当机长犯明显错误时，机组人员对此表现出了纠正的迟钝。灾难调查组发现，很多空难都是因此发生的。

这种权威的影响在其他地方也存在。研究人员曾对一组护士进行过实验，想看看主治医师的要求会不会让她们做出不符合专业知识的判断。

实验中，心理学家查尔斯·霍夫琳装扮为医生，分别给医院22个护士打了电话，要求护士们为病人注射某种20毫克的危险药物。结果，95%的护士都服从了指示，即使她们知道那种药物不应该在病人身上使用，而且20毫克的量也比正常用量大了一倍。

研究人员对此进行了总结。他们表示，在医疗机构日常运营中，由医生、护士及药剂师共同达成最佳治疗意见是通常的做法。但为病人进行单独的详细治疗时，只有一方的话最具权威性。

上面这个实验中的护士们，显然是听从了医师的错误指示，放弃了自己正确的护理经验与专业知识，这是可以理解的。因为主治医师是治疗负责人，又具有权威性。他有权惩罚不服从的护士，况且医师掌握的医疗知识远远高于护士，这点也让护士有理由服从。这就不难解释，为何医护人员不愿挑战医师的治疗意见了。

同样的，为了在公司做出更明智的决策，领导者要充分了解自己对他人的影响。如果大家不能共同为团队出谋划策，也不能把自己的意见表述给领导，就会形成恶性循环，很容易因为权威效应而导致决策失误，引发不必要的麻烦。

> 由于权威所具有的专业性，在一般情况下，听从权威人士的建议总会给我们带来好处。这就导致权威对我们具有强大的影响力。

权威性谎言的效果

美国著名心理学家罗森塔尔和助手来到一所小学进行一项“未来发展趋势测验”。他们从校方手中得到了一份全体学生的名单。在经过抽样后，罗森塔尔以赞赏的口吻将一份“最有发展前途者”的名单交给了校长和相关老师，并叮嘱他们务必要保密，以免影响实验的准确性。

其实，罗森塔尔说了一个“权威性谎言”，因为名单上的学生根本就是随机挑选出来的。

八个月后，奇迹出现了。凡是上了名单的学生，各科成绩都有了较大的进步，且各方面都比以前优秀。

显然，罗森塔尔的“权威性谎言”发生了作用。因为这个谎言对老师产生了暗示，左右了老师对名单上学生的能力评价。而老师又将自己的这一心理活动，通过情感、语言和行为传递给学生，使他们强烈地感受到来自老师的热爱和期望。所以，那些被圈定的学生感受到这种期望后，也变得更加自尊、自爱、自信、自强，从而使各方面得到了异乎寻常的进步，成为优秀的学生。

罗森塔尔和他的助手以希腊神话中一位王子的名字，将这个实验命名为“皮格马利翁效应”。

在这个实验中，就包含了权威和暗示两方面的因素。暗示是用含蓄、抽象诱导的间接方法对人们的心理和行为产生影响，从而使人们按照一定的方式去行动或接受一定的意见，在思想、行为等方面与暗示者所期望的相符合。而暗示作用的产生则常常与暗示者的权威有关。

“皮格马利翁效应”告诉我们，在人际交往中，权威人士或者是让对方信任的人一旦无意或有意地对其寄予期望，对方就会产生出相应于这种期望的特性。对于教育来说，每一个孩子都可能成为非凡的人。一个孩子能不能成为天才，关键是家长和老师能不能像对待天才一样爱他、教育他。而对于企业来说也是同样的道理，如果想让下属积极又上进，不妨运用“皮格马利翁效应”，从而达到期望。

> 在人际交往中，权威人士或者是让对方信任的人一旦无意或有意地对其寄予期望，对方就会产生出相应于这种期望的特性。

□ 锦上添花：塑造权威的表象

一名修理技师打算自己创业，他下了很大的决心，在市中心租了一间办公室，打算干一番自己的事业。可是，他很快就发现，自己所接的大宗订单逐渐增加了，这在以前，可是从来没有过的现象。过去，主动上门的顾客极少，但是，自从他在市中心有了自己的办公室，似乎顾客们都增强了对他的信任，甚至一些以前并不是他客户的人，也开始跟他有了业务联系。还有一些陌生人也会联系他，并且商定合同，一切交易都变得容易多了。技师自己也觉得修理技术突然提高了，似乎过去他修不了的机器，现在也能修了。

为什么会出现这种现象呢？美国社会学家曾经做了下面这个实验。

一名实验者被安插进纽约城公司的总部，他穿着一双饰有大白鞋扣、鞋跟磨坏的黑色皮鞋；搭配了一件俗气的青绿色上衣和一条印花棉布领带。到了总部之后，他吩咐前50名秘书把他的公文箱取回来，结果只有12个人听从了他的吩咐。

在后来的实验中，他穿上了华贵的蓝上衣、白衬衫，系着一条圆点的丝质领带，脚上穿着一双高档皮鞋，发型整齐。结果，后50名秘书中，有42个人听从了他的吩咐。

实验说明了那些能够象征权威、象征身份地位的外部标志，如华贵的衣服、好的办公地点等。很多外部的标志都是权威的象征，更容易获得人们的认可，从而对大众产生影响力。

我们再来看看下面这个例子：

有一名年轻的医生，在一家大医院担任主治医师，辞职后打算从事整容医师的事业。当他把所需要的办公室图纸交给房屋设计师时，设计师非常吃惊。因为这位年轻医师竟打算在接收第一位病人之前就破费那么多的钱财。

然而这位医生认为，在整形外科手术这一行中，医生必须为自己的病人创造一种已经取得了成功，而且还会从事多年的气氛。因为没有哪个人会让一个毫无经验的医生为他女儿的鼻子做整形手术。也许对于拔牙或者切除皮肤粉瘤这样的小手术，人们不会过分关注医生的经验，但对于美容手术来说，他们会优先考虑一位医术高明、经验丰富的医生。

年轻的整容大夫最终搬进了他的新办公室，并把办公室按照传统的整容医生办公室的样子装修了一遍，成功地树立起了可靠的专业形象。当然，这位医生也的确有高超的医术和丰富的经验。如果没有内在的保证，再好的门面也只不过是门面罢了，门面只是锦上添花。

看到这里，我想你应该知道为何要塑造权威形象了。很多销售人员，在工作开始之前都会为自己添置几套“有面子”的衣服，比如一件针织条纹上衣、一件浅灰色的上衣，外加一件得体的衬衫。销售人员认为，这是他们可进行的最行之有效的投资之一。不过要切记，这几件衣服的价格很可能要超过一小衣橱风格和样式普普通通的衣服，如果预算吃紧，宁愿选择买下两身有品质的衣服，在每星期的工作中交替穿，也不要多买几身廉价服装，因为它们不利于塑造形象。

权威的象征与真正的权威一样，都能够对人们产生影响力。

权威暗示为何会影响判断力?

2005年1月1日，全球实现纺织品贸易自由化。然而，随之而来的却是欧盟与美国专门针对中国的《WTO特别保护条款》，对华纺织品的一次次设限。一时间，中国的许多纺织企业被这种没有预计到的打击砸晕了，大量的货物积压使纺织业遭遇了“海啸”。

浙江雄狮集团是一个经过几十年发展的大型集团公司。到2000年时，该集团公司已拥有职工1000多名，年营业额达到了1.2亿元。然而，它也没能逃过一劫。雄狮集团经过这次纺织品贸易的打击，仅仅因为银行要收回400万元贷款，就彻底倒下了。

其实，与其说是欧盟与美国的设限和“特保”把中国诸多的纺织企业害了，不如说是“权威”的暗示把它们送到了举步维艰的地步。

“中国入世和纺织品贸易配额取消后，中国将成为最大的受惠国。”在这种“权威暗示”下，许多纺织企业的管理者都以为，在全球实现纺织品贸易自由化的环境下，中国的纺织品在欧美市场将会畅行无阻。于是，中国几乎所有的纺织企业都在疯狂地扩军备战。他们没有进一步去分析问题，并且显然忽视了这样一个问题：既然各方普遍认为中国将会是最大的纺织品贸易一体化的受惠国，那么，中国也必然是新一轮贸易保护主义的首要打击对象。

遗憾的是，中国大多数的纺织企业都深陷在权威暗示的影响下，失去了自己的判断力。所以说，在遇到绝对利好的消息时，也要清醒地认识到，我们受到周围信息的暗示，并把他人的言行作为自己行动的参照，从而一不小心就会迷失自我。在某些情况下，人们还会因为权威的影响而做出倾向于权威的错误判断。在管理者或权威人士的暗示下，判断者和评估者很容易接受他们的看法，从而改变自己原来的看法，这样就可能造成评估误差的暗示效应。

不过，我们还要明白的是，权威之所以是权威，是因为权威在某一方面有强势的影响力和话语权，但权威不是万能的，不是“放之四海而皆准”的真理。面对权威，我们可以参考，也可以根据权威做出相应的判断，但必须要保持自己独立的观察和思考，因时、因地、因人进行分析和辨别，并且在某些情况下坚持自己的判断。

权威之所以是权威，是因为权威在某一方面有强势的影响力和话语权，但权威不是万能的。

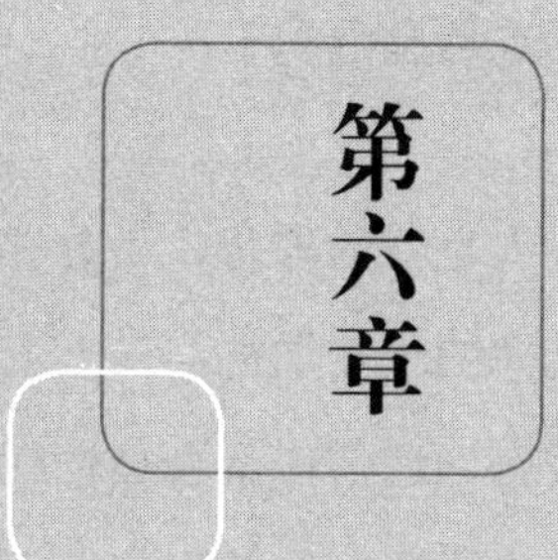

第六章

互惠互利

为什么获得一杯免费可乐的人购买的奖券比其他人多两倍?
为什么惠勒公司不做广告也能声名远扬?
为什么送糖果的方法不一样，服务员得到的小费也不同?
为什么位于展厅最偏僻的阁楼里的食品公司却被挤得水泄不通?

吃亏是福吗?

人是三分理智、七分感情的动物。大量研究发现，人际关系的基础是人与人之间的相互重视与相互支持，也就是人们常说的“给予就会被给予，剥夺就会被剥夺；信任就会被信任，怀疑就会被怀疑；爱就会被爱，恨就会被恨”。当他人做出友好的姿态以示接纳和支持我们时，我们会觉得“应该”对别人报以相应的回答，进而产生一种心理压力，迫使我们对他人也做出相应友好的姿态。否则，我们就会感到心理平衡被破坏，增加不安感。

2005年4月，某国不顾美国当局的强烈谴责，以压倒性的投票同意一位前世界象棋冠军，同时也是逃犯的鲍比·菲舍尔加入该国国籍。是什么样的国家甘冒与世界强国断交的风险，也要保护一名“9·11”劫机犯?

其实，通过国会匿名投票的方式来决定给予鲍比·菲舍尔国籍的国家，是向来与美国保持亲密盟友关系的冰岛。世界上这么多国家中，为何冰岛会敞开怀抱接受鲍比·菲舍尔，特别是在他违反美国法律，在前南斯拉夫赌了一场500万美元的象棋赛后?

为弄清答案，就需要追溯到30年前那场著名的象棋大赛。1972年世界象棋冠军赛。当时，菲舍尔作为挑战者，迎战卫冕冠军——苏联象棋大师鲍里斯·斯帕斯基。历史上，没有哪场象棋比赛能受到如此广泛的关注，世界各国对这场比赛倾注了极大的热情。那时候，正处于冷战巅峰，所以这场比赛也被称为“世纪之战”。

然而，菲舍尔并未出席在冰岛召开的比赛开幕式上。几天后，因为菲舍尔提出了诸多主办方不可能满足的要求，如禁止电视转播，30%的收视收入归自己等，人们开始怀疑这场比赛是否能按约举行。最后，在比赛奖金翻倍和美国国务卿基辛格的劝说下，菲舍尔终于飞往冰岛参加比赛了。这场赛事在世界各地的报纸上被大肆报道，小小的冰岛也因此为世人熟知。

这就不难理解，冰岛为何要冒险接纳饱受争议的菲舍尔了。用冰岛当地媒体的话说，是因为“他让冰岛在世界地图上占有一席之地”。冰岛人民显然把这看作是菲舍尔送给他们的一份厚礼，这份厚礼，重到冰岛人民在30年后还铭记于心。

一位冰岛外交部人员表示：“30年前菲舍尔对这里做出的杰出贡献，是我们至今还铭刻在心的。”尽管许多当地人并不认为菲舍尔讨人喜欢，但他们还是接纳了他。对此，英国广播公司分析说，冰岛人民“十分迫切地希望，能用提供庇护的方式来报答菲舍尔先生”。

这个事例就充分说明了互惠原则的重要性与普遍性，它使人们想要报答帮助过自己的人，促使人们用公平的方式对待日常生活、工作和亲密朋友，以建立起人与人之间的信任。

丹尼斯·里根教授也做过一个关于互惠原则的经典实验。他让实验人员乔假扮彩券销售员，并在正式销售前先发放免费的可乐给顾客。结果发现，事先获赠一杯免费可乐的顾客，后来购买其彩券的数量，比未获得免费可乐的人要多两倍。

尽管赠送免费可乐和推销彩券并不是同时进行的，而且乔向顾客兜售彩券时也并未提及免费可乐的事，但顾客还是记住了他先前的好意，并愿意对此礼尚往来。那些拿了免费可乐的顾客，不管喜不喜欢乔，购买的彩券数量是一样的。这表明，由于受人恩惠产生的亏欠心理，比对那人的喜欢程度更能影响人们的行为。

可见，互惠原则的持久力和凌驾于喜欢原则之上的效力，即使不能产生近期效益，也会让人们乐意给别人施以帮助。当然，社会经验和道德因素也告诉我们，如果想要得到他人的帮助，最好先为他人提供帮助或向他人妥协。如果我们帮助过某位同事或熟人，就等于在他们心里埋下了一种责任感，促使他们将来回报我们，当我们需要帮助时，他们自然也不会袖手旁观了。比如，当员工想早点儿下班去看牙医，而经理对此网开一面，这种做法其实就是一种投资。也许，在日后经理正苦于找不到人手来完成某个重要的项目时，这名员工就会主动要求加班，来找机会还经理的人情。

人们通常只有在寻求帮助时才会问："这里有谁能帮我呢？"其实，如果想在自己需要帮助的时候得到帮助，最好先问问自己："我可以帮助谁？"因为互惠原则是指先提供帮助，给他人带来社会责任感，从而令你的请求效果更好。即当你主动帮助他人时，别人就会觉得有责任回报你。

互惠原则同样适用于团队的管理中。团队中最核心的部分就是凝聚力，需要每个人都朝一个目标迈进。如果这个团队中的每个人都曾经互相帮助过，比如曾从同事那儿得到过有用的信息、得到过同事的认同或曾有同事聆听过自己的苦恼等等。这样的团队对于完成整个团队的目标来说，会更加有帮助。

在人际交往中，喜欢与厌恶、接近与疏远是相互的，几乎没有人会无缘无故地接纳和喜欢另外一个人。被别人接纳和喜欢必须有一个前提，那就是我们也要喜欢、承认和支持对方。一般来说，喜欢我们的人，我们会喜欢他们；愿意接近我们的人，我们会愿意接近他们；疏远、厌恶我们的人，我们也会疏远、厌恶他们。之所以会产生这种现象，是因为每个人都有维护自身心理平衡的本能倾向，会要求人际关系保持一定程度的合理性和适当性，并力图根据这种适当性、合理性来解释自己与他人的关系。

先提供帮助给他人带来的社会责任感，会令你的请求收效更好。当你主动帮助他人时，别人就会觉得有责任回报你。

□ 多收小费的利器：餐后供应的薄荷糖

国外很多餐馆的门口都会摆上薄荷糖，让顾客在用餐后可以保持口气的清新。不过，有些餐馆则采用另一种途径向顾客提供餐后薄荷糖——服务生将薄荷糖作为餐后小礼物，和账单一并放在银质托盘上呈给顾客。

那么，这两种提供糖果的方式产生的结果会不一样吗？

当然会。根据调查显示，用第二种方法送出餐后糖果在促使顾客多给服务生小费这方面，产生了巨大的作用。显然，将糖果和账单一起放在托盘上呈给顾客的服务生得到了更多的小费。

科学家大卫·斯托梅茨和同事们做了一个实验，以证实小小糖果的神奇作用。

第一个实验：服务生为顾客取来账单的同时，送给每人一颗糖果。和那些没有给客人糖果的服务生相比，他们得到的小费虽然差距不大，但还是高出了3.3%。

第二个实验：服务生给每人两颗糖果，尽管糖果只值一美分，但和未收到糖果的顾客的小费相比，他们得到的小费提高了14.1%。

第三个实验：服务生送出第一颗糖薄荷后做出转身离去的动作，但并不走远，随即他们再返回客人身边，从口袋里拿出另一颗薄荷糖送给顾客。这种个人行为表达的是“因为您人很好，所以我再送您一颗糖”的意思。结果怎样？服务生得到的小费提高了23%！

怎样做才会令礼物或帮助回收的效益更大？相信各位现在已经从实验中找到了答案。

想要得到相应的回报，最重要的是让对方觉得你的所作所为是含有某些意义的。例如，两颗糖果与一颗糖果相比，令小费从提高3.3%变为提高14%。看来，让人们觉得有意义并不一定要花大价钱，有时候，两颗糖就能轻松搞定，不过是花费一美分而已。

在后两个实验中，虽然服务生都同样给了客人两颗糖果，但由于给的方式不同，他们所得到的小费数额也完全不同。这就告诉我们：让人意外的程度和个人行为化的程度会让付出更有影响力。

值得注意的是，如果服务生把第三个实验中的技巧用在所有客人身上，不仅会让顾客产生反感，久而久之，还会令该方法失效。当顾客注意到服务生对每位顾客都如此时，第二颗糖就不具备重要性、意外性及个人行为化的特点了。相反，这会被看作是在使心眼，到头来会落下“聪明反被聪明误”的评价。

当然，诚实地运用这个技巧还是会很见效的。为确保你送出的礼物或提供的帮助会令他人感激，请花些心思琢磨一下，什么样的礼物对于接受的人来说是有意义的，会令他感到受宠若惊。当然，送礼物的方式也很重要，需要具有个人行为特点。

> 因为喜欢、好感等缘故而送出礼物，会使人们得到意想不到的回报。

□ 利用“负债感”吸引顾客

汉斯经营了一家罐头食品公司，有一年，为了扩大公司声誉，他带着公司的产品参加了美国芝加哥市举行的全国博览会。结果，汉斯的产品被安排在展厅中一个最偏僻的阁楼里。

汉斯带着产品来参加博览会的目的本来是想扩大影响，提高公司的知名度，但是面对主办方的这种安排，汉斯知道一切都不可能了。于是，他找到负责人，要求调换产品摆放的位置。

主办方的负责人说：“汉斯先生，我们摆放产品的位置也是根据品牌的大小来决定的。你瞧，这些都是大公司的名牌产品，我们只是把合适的产品摆放在合适的位置而已，你的产品的位置也是最适合的。”汉斯一看，果然如此，那些显眼的位置摆放的都是全国数一数二的产品，自己的产品虽然也不错，但相比之下名气小多了，怎么办？花钱来参加展览会，总不能一无所获，空手而归吧？

博览会开始后，展厅里来参观的人络绎不绝，一天过去了，汉斯的展位上鲜有人来光顾。眼看第一天的展览就要结束了，汉斯十分着急。整个晚上，汉斯都在苦苦琢磨把产品展现在客户面前的方法。

第二天，汉斯没有去展位，而是在外面奔波了一整天。

第三天，会场的地面上突然出现了许多小铜牌，铜牌的背面还刻着一行字：“拾到这块小铜牌就可以到展厅阁楼汉斯食品公司的展台换取一件纪念品。”于是，捡到铜牌的人纷纷涌入汉斯的展台，本来无人光顾的小阁楼，一下被挤得水泄不通。汉斯和职员们准备了赠送的各种罐头，大家对于他们的产品赞赏有加。参加博览会的人还到处传诵“汉斯小铜牌”这件新鲜事，连记者都赶过来报道。这下，汉斯的产品名声大振，光在博览会上就赚了55万美元。

原来，汉斯在消失的那一天，去实施了一个推销产品的妙计。他连夜找人做了许多小铜牌，并且找人将小铜牌遍撒展厅，好吸引拿到铜牌的人来自己的展台。给予顾客一些小小的恩惠，本来汉斯的产品质量就不错，但这样一来，在“恩惠+负债感+优质产品”的作用下，顾客自然纷纷购买。

除了赠送外，免费试用也是商家经常用来使顾客产生负债感的一种促销手段。

惠勒公司经营各种生活类商品近万种，可以说琳琅满目，应有尽有，因而每天顾客如云。尽管看起来是因为商品种类齐全才吸引顾客，但是实际上，惠勒公司的经营方式才是吸引顾客的主要原因。在这家公司的商品陈列柜上，所有的商品都可供给顾客试吃或试用，而不是直接出售。顾客经过试吃、试用后，挑出满意的商品，付款后只要取一张领货单，就可以在商店门口取到已经包好的商品。当然，如果顾客担心不方便，也可以享受惠勒公司送货上门的服务。

有一位从肯尼亚来的顾客要给女儿买件外套，可是无论在哪家商店都找不到合适的，因为她女儿的身材太高大了。于是，她带着女儿来到了惠勒公司的商店，在试穿了十三件外套之后，终于挑选出了三件比较满意的。第三天上午，公司的营业员就将这三件新外套送到她的住处。

还有一位田纳西州的顾客，要给刚生孩子的儿媳购买一些营养饮料和食品，但她的儿媳不喜欢食用含牛奶味道的食品和饮料。这位顾客花了半天的时间，尝了七十多种食品和饮料，终于选定了十二种合适的商品。当她付完款，领取了货单后，就在商店门口取到已经打好包的商品。

由于惠勒公司独特的经营方式，给予顾客极大的方便与贴心的服务，所以名声广为传扬。这种品牌效应的树立，在无形中产生了广告的效果。而公司的总经理则表示，惠勒公司不花巨额的广告费来宣传自己，而把这笔钱省下来为顾客提供免费试吃和试用的服务，这比大型广告更有号召力。

免费试用、赠送礼品等营销手段都是运用互惠原理为商家招揽顾客，这正是利用了顾客在接受商家的恩惠后会产生负债感，从而接受了他们试用过的或是觉得还不错的商品。

你对别人的态度决定别人对你的态度

一位陌生人开车来到小镇郊外，看到一位老人静静地坐在马路边，便停下车向老人询问：“先生，请问这个镇叫什么名字？这里住着什么样的人？我正在寻找新的居住地！”

老人抬头看了一眼陌生人，回答说：“你能告诉我，你原来居住的那个小镇上都是什么样的居民吗？”

陌生人说：“他们都是一些毫无礼貌、自私自利的人。住在那里简直无法忍受，根本无快乐可言，这正是我想搬离的原因。”

听了这话后，老人说：“先生，恐怕你要失望了，这个镇上的人和他们完全一样。”

陌生人听后，快快地开车离开了。

几天以后，又有一位陌生人来到这个镇上，向老人提出了同样的问题，老人也用同样的问题来反问他。

陌生人回答道：“哦！他们非常友好，非常善良。我和家人在那里度过了一段美好的时光。但是，我由于工作的原因不得不离开那里，希望能找到一个和以前一样好的小镇。”

老人说：“你很幸运，年轻人，居住在这里的人都是跟你们那里完全一样的人，你将会喜欢他们，他们也会喜欢你的。”

这个故事告诉我们，看人就像照镜子，其实看到的都是自己。你喜欢别人，别人也会喜欢你；你不喜欢别人，别人也会不喜欢你。这好像听起来有点儿不可思议，还是让我们来看个真实的事例吧。

联合国一位亲善大使去非洲的一个国家，回来后，他就宣称那里的人是全世界最差劲的：海关人员板着一张脸；计程车司机态度恶劣；餐厅侍者傲慢无礼；市民不耐烦而又有敌意……

后来，亲善大使看到一句话：“世界是一面镜子，每个人都在其中看到自己的影像。”于是，他决定下次再去那个国家时，要一路挂着笑容。结果，他竟然没有看到任何一个令人讨厌的海关人员、计程车司机、侍者……人人都是脸挂笑容，亲切友善。他这才发现，纠正别人态度最有效的方法是纠正自己的态度。

在人际交往中，谁都希望遇到天使般热情、善良的人，害怕遇到魔鬼般冷漠、凶恶的人。但是，在现实生活中，什么样的人都会遇到，我们无法避免遇到魔鬼，只能想想办法，好让自己多遇到一些天使，少遇到一些魔鬼。

心理学家告诉我们：把别人想象成天使，你就不会遇到魔鬼。这个经验绝不是随口说说，而是建立在科学实验基础上的。

曾有心理学家做过这样一个巧妙的实验：实验人员让两组参与者给同一位女士打电话，但是告诉第一组的人对方是一位冷酷、呆板、枯燥、乏味的女人；告诉第二组的人对方是一个热情、活泼、开朗、有趣的人。

结果，第一组的参加者很难与那位女士顺利地交谈下去；第二组的人与那位女士的交谈非常投机，通话时间也明显比第一组的人要长。这是为什么呢？

道理很简单，因为第二组的参加者把那位女士想象成是一个幸运的“天使”，把她看作一个“热情、活泼、开朗、有趣”的人，并以同样的态度与之交往。

第一组人则相反，他们认为对方“冷酷、呆板、枯燥、乏味”，自然很难交谈下去。

这是因为在人际交往中，人们都有保持心理平衡的需要。你怎么看待别人，别人就会怎么看待你。否则，对方就会感到不平衡。所以，如果你事先对别人有一种消极的看法，那么，这种看法势必会无意识地流露出来，并或多或少会表现在你的语言和非语言所传达的信息中。而对方觉察到你发出的信息后，也会做出相应的反应。有人曾经这样说，你对别人的态度和别人对你的态度事实上是一样的，我们往往能够从别人的脸上读到自己的表情。

在生活与工作中，常有人抱怨环境或周围的人与自己不融洽，所以就想借着换工作环境或结交新的朋友，以此来改变尴尬的境遇。但是，他们却很少反省自己人际关系的不顺畅或职场不如意，究竟是什么因素造成的?

如果原因是出在自己身上的话，唯有改变自己才能让问题迎刃而解。否则，不断地转换工作或认识新朋友只是对生命的浪费，对问题的解决没有丝毫裨益。一个能够时刻鞭策自己的人，才能在社会中立于不败之地，才能在事业上取得更辉煌的成就。

看人就像照镜子，看到的都是自己。你怎么看世界，世界就怎么看你。你是怎样的，你的世界就是怎样的。你喜欢别人，别人也会喜欢你；你不喜欢别人，别人也不会喜欢你。

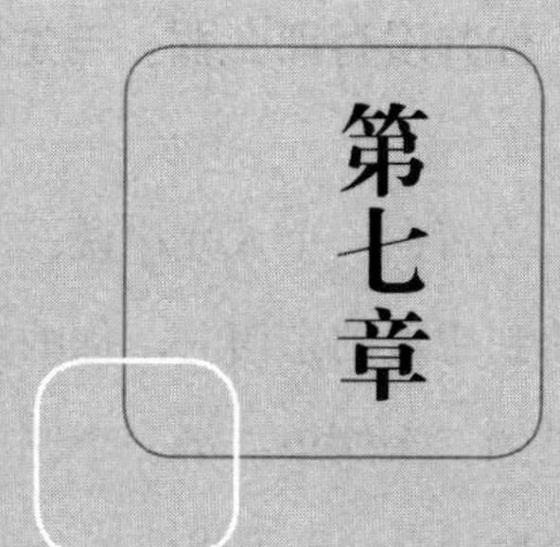

第七章

竞争与牵制

为什么丈夫将价值数百万元的车和房低价出售，却不肯留给离异的妻子?

为什么装有一只螃蟹的竹篓需要盖上盖子，而装满螃蟹的竹篓却敞开着?

为什么公司收回生意兴隆的小吃一条街，转为独家经营后却生意萧条呢?

□ 你并没有那么弱：与生俱来的竞争力

上帝向一个人允诺说：“我可以满足你的三个愿望，但有一个条件——在你得到想要的东西时，你的敌人将得到你所得到的双倍。”于是，这个人提出自己的三个愿望：第一个愿望是一大笔财产；第二个愿望还是一大笔财产；第三个愿望是让上帝将他打个半死。

虽然这只是一个笑话，但在现实生活中，这样容不得别人比自己强的例子比比皆是。

一对美国夫妇离异，根据法官的判决，丈夫必须将自己财产的一半转让给妻子。为了不让妻子平白无故地得到一大笔财产，丈夫竟然将价值几百万美元的车子和房子以十美元的低价“出售”。

人与人之间的竞争似乎是与生俱来的，每个人都希望自己比别人强，也不能容忍对手超过自己。因此，在面对利益冲突的时候，往往会首先选择与对手竞争，即使拼得两败俱伤也在所不惜。就是在双方有共同利益时，人们也往往会优先选择竞争，而不是选择对双方都有利的“合作”，这种现象被心理学家称为“竞争优势效应”。

要消除“竞争优势效应”的副作用，就要推崇“双赢”理论。

著名心理学家荣格有这样一个公式：“我+我们=完整的我”。他认为，绝对的“我”是不存在的，只有融入“我们”的“我”才是“完整的我”。

事实上，是合作给我们营造了一个自由的发展空间。

除了竞争的本性，还有很多的条件也会对竞争的形成有影响。

战国时，秦昭襄王对范雎说：“天下的贤才武士，以合纵为目标，相聚在赵国，而且要攻击秦国，我们该如何对付？”

范雎说：“大王不必忧愁，让我来破解他们的合纵关系。一群狗在一起，并不会互相争斗，如果投一块骨头过去，它们便会抢夺，并且互相撕咬，这是因为，那块骨头使彼此都起了争夺之意。秦国与天下的贤才武士，并没有什么仇恨呀！他们相聚要来攻打秦国，不过为求自己的富贵。所以，只要让他们内部争斗起来，这件事就好办了。”

于是，秦王派范雎带了五千两黄金，在武安大摆宴会，并且将黄金散给合纵之士。结果，所散发的黄金还不到三千两，他们就互相争斗起来，也不再策划攻击秦国了。

从这个故事中我们可以看到，即使在有共同利益的情况下，因为利益分配不均以及长期利益与眼前利益的矛盾，人们仍然会选择竞争。

除此之外，心理学家还认为，沟通的缺乏也是人们选择竞争的一个重要原因。如果双方曾经就利益分配问题进行过协商，并且达成共识，合作的可能性就会大大增加。

每个人都希望自己比别人强，也不能容忍对手超过自己。因此，在面对利益冲突的时候，往往会首先选择与对手竞争，即使拼得两败俱伤也在所不惜。

利益不均会带来何样的竞争？

春秋战国时期，齐景公帐下有三个勇士，分别是田开疆、公孙接和古冶子，他们个个勇武异常，为齐国立下赫赫战功，号称“齐国三杰”。然而，正是因为为国家立了功，他们三个人都恃功自傲，从不把别人放在眼里。

一天，齐相晏子在路上遇到“齐国三杰”，就上前施礼问候，可是，他们三个人却连头也不回就走了。晏子站了好一会儿，见他们三个仍然不还礼，而且态度狂妄至极。为避免未来会造成祸害，晏子便建议齐景公早日消除祸患。于是，他悄悄去拜见了齐景公，说道：“我听说明君手下的勇士，上有君臣之义，下有长幼之礼，内能除暴，外能抗敌。现在，主公手下的三个勇士，上无君臣之义，下无长幼之礼，内不能除暴，外不能抗敌。这是国家祸乱的根源啊！真是担心以后会有祸患，我看应该把他们除掉。”

齐景公听后，叹道：“这三个人经常带剑上殿，从未把我当主公看。我也担心时间长了，他们会篡夺王位。其实，我早就想把他们除掉，只是没有机会。”

晏子安慰齐景公道：“主公只管放心，等来朝的楚王一到，您只管大摆宴席，他们只是一介武夫，没有什么谋略。臣只需要在宴席上略施小计，就可以除掉他们。”

不久，楚王带领文武百官来到齐国。齐景公大摆酒宴，两国君臣共同庆贺。田开疆、古冶子、公孙接身佩宝剑，站在殿下，都是一副目空一切的狂妄模样。

酒喝到一半时，齐景公说道：“我御园的金桃已经熟了，可以摘来吃。”

不一会儿，一个宫监用金盘子盛来了五个桃。齐景公说：“园里的桃树，今年只结了这五个桃。这种桃味甜色香，和其他树上的桃不一样。丞相，请你捧杯敬酒献桃，庆贺今日的盛会。”

于是，晏子便手捧鲜桃依次敬献。

晏子先献给楚王，楚王喝了一杯酒，吃掉一个桃。又献给齐景公，齐景公也喝了一杯酒，吃了一个桃。

接着，齐景公说：“丞相使齐楚二国合好，功勋卓著，可以吃一个桃。”晏子便跪着把一个桃吃了，喝了一杯酒。

齐景公接着又说道：“齐楚两国中，谁的功劳最大，也可以吃一个桃。”

田开疆挺身而出，站起来说：“我从前跟随主公在桐山打猎，竭尽全力，打死猛虎，我的功劳怎么样？”

齐景公答道：“你擎王保驾，功劳最大。”晏子听了，立刻上前献酒一杯，请他吃一个桃。

古冶子一听，立刻跳了起来，说道：“杀掉一只老虎并不算什么稀奇，我曾经在黄河里杀掉一条大鼋，救了主公一命，在我看来，大风大浪，如走平地。我的功劳怎么样？”

齐景公说道：“这是盖世无双的功劳，赶快献桃、敬酒。”

晏子连忙上前献桃、敬酒。

这时，公孙接大步流星地走到宴席间，说道：“我曾经在十万大军中，手挥铁铲，如入无人之境，救出主公，秦国的军队纷纷逃散。我的功劳怎么样？”

齐景公说：“你的功劳可以说上顶天，下立地，没有人能与你相比的，无奈没有桃了，就献酒一杯，明年这时再赐你一个金桃。”

晏子接着说道：“你的功劳最大，只可惜说得晚了一点儿，没有桃了，反而使你的显赫功勋黯然失色。”

公孙接听了这些话后，拔剑在手，说道：“杀一只老虎，诛一条大鼋，这都是区区小事。我建立了这样大的功勋，反而没有桃吃，在两国的君臣面前受此奇耻大辱，被万代之人讥笑，哪里还有什么脸面活下去？”说完，就自尽了。

田开疆大惊失色，也拔出剑来，说道：“公孙接功劳那么大都没有桃吃，我们功劳小的反而吃了桃，这种羞耻要怎么才能洗刷掉？”说完，也自尽了。

这时，古冶子突然大喝一声，挥剑说道：“我们三个人情同手足，义同骨肉，虽不同生，宁愿同死，既然他们两个已经死了，我又岂能活着？”于是，他也自尽了。

这个故事就是著名的“二桃杀三士”。丞相晏子洞悉人性，他正是算准了“齐国三杰”在利益面前所做出的表现，才用两个桃便挑起纷争，结果，不费吹灰之力就除掉了威胁，手段着实厉害。看来，在利益的分配面前，的确很容易产生竞争。

利益分配的不均匀，会导致竞争的产生。

没有永远的敌人：牵制不如合作

一位青年到海边旅游，遇到了一位正在捉螃蟹的老翁。老翁身旁放着两个小竹篓，一个盖着盖子，一个敞着口。他便猜想肯定是那个盖着盖子的竹篓里装满了螃蟹，而那个敞开口的竹篓里没有螃蟹或者很少。

为了证实自己的猜想，他走上前去，往那个敞口的竹篓里一看："哎哟！好家伙，怎么里面这么多螃蟹？"接着，他又掀开了盖着盖子的小竹篓，却发现只有一只螃蟹。他纳闷了，于是问老翁："老伯，你这个竹篓里只有一只螃蟹，为什么还要盖着盖子，而另一个竹篓里装满了螃蟹，你却不盖？"

老人淡淡一笑，回答说："年轻人，你有所不知。这两个竹篓的形状和一般的竹篓不同，它们的开口部分较小，而底部较大。假如竹篓里面只有一只螃蟹，就得把竹篓盖好，防止那只螃蟹逃走；但如果竹篓里有两只以上的螃蟹，那么竹篓口就算不盖，也不必担心。因为所有的螃蟹都会拼命地往竹篓口逃跑。但是这时候问题就出现了，竹篓口设计得很小，只能让一只螃蟹通过，一旦有螃蟹顺利爬到开口处，其余的螃蟹便会蜂拥而至，设法占据出口的位置。这样一来，只要有螃蟹想逃走，其余的螃蟹便会把它拉下来。所以，没有任何一只螃蟹可以顺利逃走。"

螃蟹如此，人何尝不是这样？每个人都想出人头地，并且拼命地与周围的人竞争，在担心别人超过了自己的同时，也想方设法为别人的成功设置各种障碍。可是，互相拆台的最终结果，可能是谁都无法获得成功。如果相互帮助，相互合作的话，相信每个人都有出路。

合作是一个问题，如何合作也是一个问题。企业里常常会有一些人，嫉妒别人的成就与杰出的表现，天天想尽办法进行破坏与打压。如果企业不把这种人除去，久而久之，组织里就只剩下一群互相牵制、毫无生产力的“螃蟹”。

“一个人敷衍了事，两个人互相推诿，三个人则永无成事之日。”这就是人性的弱点。

在很多时候，人多力量未必就大。人与人之间的合作要比想象中微妙和复杂得多，并不是简单的力量和智慧的叠加。在人与人的合作中，假定每个人的能量都为1，那么10个人的能量可能比10大得多，也可能甚至比1还小，因为人的合作不是静止的，而是像方向各异的能量，当互相推动时自然会事半功倍，而相互抵触时则一事无成。

美国有个农夫，每年在州里举办的南瓜品种大赛上，他都是首奖及优等奖的得主。可是，他在得奖之后，却毫不吝惜地将得奖的种子分送给邻居。

有一位邻居觉得很诧异，于是问他：“你的奖项来之不易，每季都要投入大量的时间和精力来做品种改良，为什么还这么慷慨地将种子送给我们呢？难道你不怕我们的南瓜品种超越你的吗？”

农夫回答道：“我将种子分送给大家，帮助大家，其实也就是帮助我自己！”

原来，这位农夫所居住的城镇是典型的农村形态，家家户户的田地都毗邻相连。如果农夫将得奖的种子分送给邻居，邻居们就能改良他们的南瓜品种，从而避免蜜蜂在传递花粉的过程中，将邻近的较差的南瓜品种转传给自己的南瓜品种，这样，他才能够专心致力于品种的改良。

如果农夫将得奖的种子私藏，那么邻居们在南瓜品种的改良方面势必无法跟上，蜜蜂就容易将那些较差的品种传给农夫的南瓜品种，这样，农夫就必须在防范外来花粉方面大费周折。就某方面来看，农夫和他的邻居们是处于互相竞争的形势，然而在另一方面，双方却又处于微妙的合作状态。

事实上，当今世界竞争与合作并存的现象日益明显，如果只关注竞争而忽略了合作，那么也很难成功。“地盘经济”就是一个合适的例子。

“地盘经济”源于日本的相扑运动，在相扑运动中，最重要的就是抢占地盘，千方百计选好位置，进而将对手推挤出去。日本厂商依循“地盘经济”的策略，最初采取本国人相互合作的基本态度，共同将他国公司排挤于市场之外，然后才开始瓜分市场，展开彼此之间的竞争。

此外，日本公司在研发技术上，也发展出不同层次间既竞争又合作的关系。因为基础科学的研究费用庞大，不是一家公司能单独负担得起的，所以采取“基础合作，应用竞争”的模式。许多大厂合作开发某项技术，再站在共同的基础上相互竞逐产品的研发速率及成绩。

如此一来，对大家来说都是利大于弊。今天，许多企业为了降低单独投资的风险，或是为了强化市场竞争的资本，纷纷寻求同行之间的相互支援，打破了过去竞争者之间誓不两立的游戏规则。如此一来，也正是顺应了竞争与合作并存的大环境，才让能够跟得上潮流的企业蒸蒸日上。

其实，处于互相竞争的双方如果能够相互帮助，相互合作的话，会取得更大的成功。

努力进取不如坐收渔利

1984年，第23届奥林匹克运动会在美国洛杉矶举行。这是一场举世瞩目的世界性体育大赛，不仅体育竞争异常激烈，而且各国大企业之间的经济竞争在开赛之前就已进入白热化。

一确定第23届奥运会在美国洛杉矶召开，奥运会组委会主席尤伯罗斯就夸下海口说："我个人来承办这次奥运会，不要政府一分钱，而且还要净赚2亿美元。"当时，由于历届奥运会的承办还没有赢利的先例，很多人都认为他是在夸口。面对众人的质疑，尤伯罗斯不动声色，显得信心十足。因为一个出色的奥运会赢利的周密计划早已在他心中孕育成熟。

尤伯罗斯计划先派出大批人员到美国、日本等世界各地的发达国家，广泛搜集那些有可能参加赞助奥运会的企业的经济状况以及关于赞助奥运会的计划和策略。不久，这些出去打探情况的人员将各种信息汇集到了尤伯罗斯的办公桌上。

当时，正处于世界经济复苏时期，美国、日本等国的经济已经开始走向兴盛。经济的发展，使得那些想要一展身手的企业家都很看重这次奥运会，于是他们都积极地申请赞助，共有12,000多家厂商申请了奥运会的赞助。然而，在前面两届奥运会中，尽管很多企业都参与了赞助，但出资甚少。甚至在1980年普莱西德湖冬季奥运会中，有400多家企业参与，但每个赞助单位平均出资仅为2000美元。如果照这样计算的话，尤伯罗斯也只能收到5000万到1亿美元，离计划筹款数额还相差甚远。

于是，吸取了前两次奥运会中关于吸引投资方的教训，尤伯罗斯先在十多个有名的企业里散布同行业竞争计划和出资数额，并且挑起两家企业会一决雌雄的态势。然后，他宣布了一个惊人的决定：第23届奥运会的赞助单位仅限30个，多一个也不要，每个赞助企业至少出资400万美元，且同行业中只选一家。这样，加上前面的离间铺垫，这个决定使得各大厂商立刻行动起来，由于害怕自己被淘汰，便都抢先登记。互争位子，并且将赞助费越抬越高，使竞争变得更加激烈。因为大家都知道，如果哪家企业能成为赞助单位，那么其产品在同行业中肯定是遥遥领先的，这在无形中就为企业树立了品牌形象。

其中，日本的日产汽车公司在得知尤伯罗斯的决定后，第一时间联系了组委会，所出的价码为500万美元，并表示若有必要还能再增加。而美国的通用和福特两大汽车公司也不甘落后，立刻商讨对策。通用公司表示，日本汽车大量倾销美国，这口恶气已在胸中积压了多年，这次在美国举办奥运会，再让日本汽车横冲直撞，招摇过市，那简直把美国人的脸都丢尽了。几番竞争后，通用汽车公司以出资900万美元，同时提供500辆轿车为大会服务而夺魁。在饮料业中，可口可乐和百事可乐之间也展开了竞争，最后是可口可乐以1300万美元的巨额赞助获得成功。同时，享誉世界的德国盖达电器公司也以1000万美元战胜意大利的罗奇电器公司而登上赞助宝座。

总而言之，在这场本来就激烈的经济竞争中，尤伯罗斯先是巧妙地烧起了竞争之火，致使各大厂商使出浑身解数，千方百计地进行一场大决战，然后，他再坐山观虎斗，坐收渔人之利，如此一来，不仅成功地举办了第23届奥运会，而且的确净赚了2亿美元。尤伯罗斯导演了一场鹬蚌相争，渔翁得利的精彩表演。

两个竞争者之间争斗不休，互不相让，最终很可能会两败俱伤，使第三者得利。

□ 强大的对手才会激发危机感

美国加州的《动物保护》杂志上介绍过这么一则故事。

在秘鲁的国家级森林公园，生活着一只青年美洲虎。由于美洲虎是一种濒临灭绝的珍稀动物，当时全世界仅有17只，因此，为了很好地保护这只珍稀的老虎，秘鲁人在公园中专门辟出一块近20平方公里的森林作为虎园，还精心设计修建了豪华的虎房，好让它自由自在地生活。

虎园里森林茂密，百草芳菲，沟壑纵横，流水潺潺，还有成群人工饲养的牛、羊、鹿、兔等动物供老虎尽情享用。凡是到过虎园参观的游人都说，如此美妙的环境，真是美洲虎生活的天堂。

然而，让人感到奇怪的是，从来没有人看见美洲虎去捕捉那些专门为它预备的"活食"，也从来没有人看见它王者气十足地纵横于雄山大川，啸傲于莽莽丛林。美洲虎只是终日耷拉着脑袋，睡了吃，吃了睡，一副无精打采的样子。有人说美洲虎可能是太孤独了，若有个伴儿，兴许会好一些。于是，政府又通过外交途径，从哥伦比亚租来一只母虎与它做伴，但结果还是老样子。

一天，一位动物行为学家到森林公园来参观。他见到美洲虎那副懒洋洋的样子，便对管理员说，老虎是森林之王，在它所生活的环境中，不能只放上一群整天只知道吃草，不知道猎杀的动物。这么大的一片虎园，即使不放进去几只狼，至少也应该放上两只豺狗。否则，美洲虎无论如何也提不起精神来。

管理员们听从了动物行为学家的意见，不久，便从别的动物园引进了几只美洲豹投放进了虎园，这一招果然奏效。自从美洲豹进了虎园，美洲虎就再也躺不住了。它每天不是站在高高的山顶愤怒地咆哮，就是如飓风般俯冲下山冈，或者在丛林的边缘地带警觉地巡视和游荡。老虎那种刚烈威猛、霸气十足的本性被重新唤醒。它又成了一只真正的老虎，成了这片广阔的虎园里真正意义上的“森林之王”。

动物如果没有对手，就会变得死气沉沉。美洲虎因为有了美洲豹这样的对手，才重新找回了王者的霸气。同样，一个人如果没有对手，就会很容易甘于平庸，养成惰性，最终庸碌无为；一个群体如果没有对手，就会因为相互的依赖和潜移默化而丧失活力，丧失生机；一个政体如果没有了对手，就会逐步走向懈怠，甚至走向腐败和堕落；一个行业如果没有了对手，就会丧失进取的意志，就会因为安于现状而逐步走向衰亡。所以说，在我们的工作中也是如此，只有有了对手，才会有危机感和竞争力。如果面对残酷的竞争对手还不革故鼎新和锐意进取。那就只能等着被吞并、替代，甚至被淘汰。然而，许多人都把对手视为心腹大患，恨不得除之而后快，却不知一个强劲的对手会让你时刻都有危机感，会激发出更加旺盛的精神和斗志。

有一家公司，拥有半条街巷的门面房，平日里，这些门面房就用来作为产品销售的店面。可是公司近几年的业务不景气，店面也冷清了许多。恰好街巷的附近是一个很大的居民区，于是，公司只好撤了门店，以空房对外招租。

一对夫妇率先在这里租房，办起了一个风味小吃店，没想到，生意竟出奇地好。渐渐地，许多风味小吃都聚集到了这里来。这条街很快就成了远近闻名的小吃一条街。

见租房的人生意这么好，对外招租的公司再也坐不住了。于是，公司收回了全部门面房，也撵走了所有在这里经营各种风味小吃的小店主，开始自己经营起小吃生意来。但是，仅仅一个月，这条街巷就又冷清起来。许多常来这条街上的食客，竟然慢慢都不再来了。公司的效益也出奇地差，独家做生意的收入，竟还没有房租的收入高。

公司经理百思不得其解，于是，他就去询问一个经济学方面的老专家。

专家听了，便问他：“如果你要吃饭，是到一个只有一家餐馆的街上去，还是要到一个有几十家餐馆的街上去？”

经理说：“当然哪里餐馆多，选择余地大，我就会到哪里去。”

专家听了，微微一笑说：“那么，你的公司垄断了那条街巷的小吃生意，与同一条街上只有一家餐馆有什么区别呢？”

经理幡然醒悟，有竞争才有活力。回去后，他迅速缩减了自己公司的生意门店，将其余的门面房重新对外招租。很快，这条街巷的生意渐渐又恢复了昔日的红火。

许多人都把对手视为心腹大患，恨不得除之而后快，却不知一个强劲的对手会让你时刻都有危机感，会激发你更加旺盛的精神和斗志。

用好妒忌心，也能得益处

公元前200年，汉高祖刘邦率领大军与匈奴交战。刘邦求胜心切，便带领小股骑兵追击匈奴，却不料中了匈奴的埋伏，被困在白登山。此时，汉军的后续部队都被匈奴阻挡在各要道路口，无法前去解围，刘邦的形势万分危急。

到了第四天，被困汉军的粮草越来越少。刘邦的部队急得像热锅上的蚂蚁，坐立不安。谋士陈平灵机一动，想出了一条计策。

在得到刘邦的允许之后，陈平派一名使者带着一批珍宝和一幅画秘密会见了匈奴单于的夫人阏氏。使者对阏氏说："这些珍宝是大汉皇帝送给您的，大汉皇帝欲与匈奴和好，特送上这些珍宝，请您务必收下，望您在单于面前美言几句。"使者又献上了一幅美女图，接着说道，"大汉皇帝怕单于不答应讲和的要求，准备把中原的头号美人献给他。这是她的画像，请您先过目。"

阏氏接过来一看，真是一个貌似天仙的美女：眉似初春柳叶，脸如三月桃花；玉纤纤葱枝手，一捻捻杨柳腰；满头珠翠，引得蜂狂蝶浪；双目含情，令人魂飞魄舞。阏氏不由得心生妒忌，心想，如果丈夫得到了她，还有心思宠爱自己吗？于是说："珍宝留下吧，美女就用不着了，我请单于退兵就是了。"

阏氏打发走了汉军使者后，立即去见单于。她对单于说："听说汉朝的援军就要到了，到那时我们就被动了。不如现在接受汉朝皇帝的讲和要求，乘机向他们多索要一些财物。”单于经反复考虑，觉得夫人说得有道理，便答应了与刘邦讲和的要求。

双方经过多次谈判，终于达成了协议。单于得到物质上的满足后，放走了刘邦君臣。陈平因这次谋划有功，后来被刘邦封为曲逆侯。陈平的“美人计”妙就妙在根本没有美女，但同样得到了良好的效果。他不过是利用了单于夫人的忌妒心，便巧妙地化险为夷，挽救了整个军队。

事实上，别说是人类，就连动物也会忌妒。

北极的冰天雪地里，顽强地生活着因纽特人，恶劣的生存环境迫使他们更要靠智慧来生存。很早以前，因纽特人就巧妙地利用了狗的忌妒心，发明了被称为“因纽特结构”的狗拉雪橇的办法。

因纽特人的雪橇由一只领狗和N只力狗来完成。因纽特人把领狗和力狗分开来圈养。他们让领狗吃好的食物，睡好的狗舍，还不打它；却让力狗抢食物吃，还不管饱，睡大通铺，拉雪橇时稍有走神就会让它们挨鞭子。

这样一来，力狗对领狗十分忌妒。于是，力狗在拉雪橇时拼命往前跑，企图追上领狗咬它几口。领狗则为了逃避后面的攻击也拼命地奔跑。由于领狗的缰绳比力狗的长了二尺，所以它几乎是在空跑。这样，在“差一点儿就咬着领狗尾巴”的诱惑下，力狗们就能飞快地往前跑，雪橇也就能飞速前行了。

忌妒之心人人都有，就看是否能够用在正确的地方。

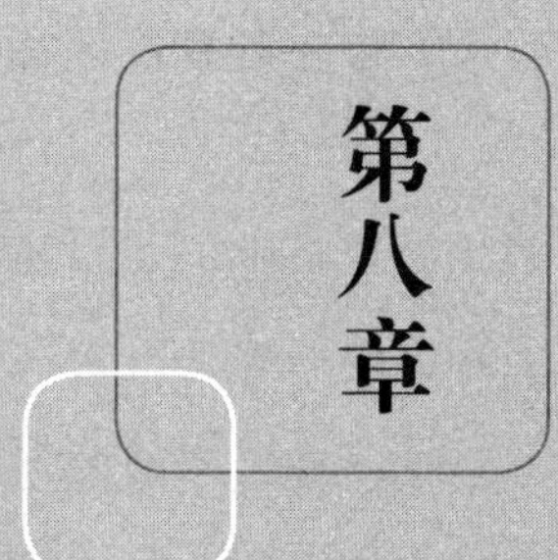

第八章

现象背后的真相

为什么癌症晚期的患者，却凭着信心得以康复？
为什么汽车在车窗玻璃被敲碎的数小时后就不见了？
为什么很多人请教过算命先生后，都认为算命先生说的“很准”？

□ 暗示：被主观意愿所肯定的假设

对于心理暗示，《心理学大词典》上是这样描述的："用含蓄、间接的方式，对别人的心理和行为产生影响。暗示作用往往会使别人不自觉地按照一定的方式行动，或者不加批判地接受一定的意见或信念。"可见，暗示在本质上使人的情感和观念，会不同程度地受到别人下意识的影响。

那么，人为什么会不自觉地受到别人的影响呢？

要想回答这个问题，我们必须对一个人进行决策和判断的心理过程有一个初步的了解。其实，人的判断和决策过程，是由人格中的"自我"部分，在综合了个人需要和环境限制之后做出的。这样的决定和判断，我们称其为"主见"。

一个"自我"比较发达、健康的人，通常就是我们所说的"有主见""有自我"的人。但是，人无完人，没有万能的自我，更没有完美的自我，这样一来，"自我"并不是任何时候都是对的，也并不总是"有主见"的。"自我"的不完美以及"自我"的部分缺陷，就给外来影响留出了空间、给别人的暗示提供了机会。

但是，外来影响空间的存在以及易受暗示的机会，并不等于一定会受到暗示。暗示的成功，还需要一个必要的条件，那就是受暗示者必须存在面对外来的暗示者时的自卑——觉得自己不如暗示者，觉得暗示者比自己高明，觉得自己应该向其讨教、接受他的判断和影响。

可见，心理暗示确实是人接受外界或他人愿望、观念、情绪、判断、态度影响的心理特点，也是人们日常生活中最常见的心理现象。这种心理现象就是人或环境以非常自然的方式向个体发出信息，个体无意中接受这种信息，从而做出相应的反应。

心理学家巴甫洛夫认为，暗示是人类最简单、最典型的条件反射。从心理机制上讲，它是一种被主观意愿肯定的假设，不一定有根据，但由于主观上已肯定了它的存在，心理上便竭力趋向于这项内容。

当然，这样的心理过程很少能被受暗示者意识到，这些心理过程通常都发生在潜意识。所以，暗示作用通常都发生在不知不觉中。这种对于自主判断的部分放弃，是有一定适应意义的。它可以使人们能够接受智者的指导，作为不完善的“自我”的补充。

这是暗示作用的积极面，而这种积极作用的前提，就是一个人必须有充足的自我和一定的主见，暗示作用应该只是作为“自我”和“主见”的补充和辅助。

表面上看，有些积极暗示似乎起着决定性的作用。其实上，积极暗示对于被暗示者的作用，就像“画龙点睛”。比如，如果一名运动员的成绩已经非常接近世界纪录了。这时候，他非常敬佩的恩师在旁边轻轻暗示他：“你能行，你一定能得第一！”正是这一暗示，激发了他全部的潜能，使他在比赛中真的得了第一。这样的积极暗示，起到的就是画龙点睛的作用。相反，一个末流运动员，由于实力有限，即使“暗示”做得再完美、效果再佳，也难以创造奇迹。

我们在生活中无时无刻不在接收着外界的暗示。比如，电视广告对购物心理的暗示作用。在无意识中，广告信息会进入人们的潜意识。这些信息反复重播，在人的潜意识中积累下来。当人们购物时，就会受到潜意识中这些广告信息的影响，从而左右消费的倾向。

受暗示性是人的心理特性，它是人在漫长的进化过程中，形成的一种无意识的自我保护能力，当人处于陌生、危险的境地时，便会根据以往形成的经验，捕捉环境中的蛛丝马迹，来迅速做出判断。这种捕捉的过程，也是受暗示的过程。人人都会受到暗示，只不过不同的人在不同的环境下接受暗示的程度会有所不同。因此，人的受暗示性的高低不能以好坏来判断，它只是人的一种本能。

人们为了追求成功或者逃避痛苦，会不自觉地使用各种暗示的方法。比如，困难临头时，人们会相互安慰："快过去了，快过去了。"从而减少忍耐的痛苦。人们在追求成功时，会设想目标实现时非常美好，勾画出激动人心的情景。这个美景就对人构成一种暗示，它为人们提供动力，提高挫折耐受能力，保持积极向上的精神状态。

英国作家索利恩所著的心理小说《新鲜空气》中就讲述了这样一个故事：

主人公威尔逊喜欢新鲜空气的程度，无人能及。一年冬天，他到芬兰的一家高级旅馆住宿。那年冬天奇冷，窗子都关得严严实实的，以防寒流袭击。尽管房间里舒服无比，但威尔逊一想到新鲜的空气一丝都透不进来时，便非常苦恼，辗转难眠。

到了最后，他实在无法忍受，便捡起一只皮鞋朝一块玻璃样的东西砸去，听到了玻璃碎裂的声音后，他才安然进入梦乡。

然而，第二天醒来，展现在他眼前的是完好无损的窗子和墙上破碎的镜框。

暗示不仅对人们的心理或行为发生影响，还会引起人们的生理变化。在实验室里，反复给被实验者喝大量的糖水，经过检验，可以发现其血糖增高，甚至出现糖尿并且尿量增多等生理变化。然而，即使不给被实验者喝糖水，只是及时用语言暗示，被实验者也同样会发生上述生理变化。虽然被实验者并未喝糖水，但人脑仍然参加了体内糖的代谢活动。这一实验表明，语言暗示甚至可以代替实物，给人脑以兴奋的刺激。

有人曾经做过“人工印记”的实验。用邮票大小的湿纸片贴到受试者的皮肤上，告诉他说，贴上之后这块皮肤就会发烧。不一会儿，揭去纸片，皮肤果然变红了；还有人将一块金属硬币放到暗示者的手臂上，暗示说这块硬币刚在火上烤过，会把皮肤烫起泡来。没过多久，硬币下面果真“烫”起了水泡，呈现了烧伤痕迹。

许多生机勃勃的人，一旦知道自己患了某种疾病后（特别是“不治之症”），精神立刻萎靡不振，还会卧床不起、不思饮食，病情迅速加重，甚至在短时期内死去。瑞典一位老妇人只是患了感冒，但由于教堂的牧师在一天内探望了她三次，让她怀疑自己患了绝症。几天以后，她便因精神崩溃而去世。其实，其中很大部分原因就是由于心理暗示的缘故。

心理暗示是人接受外界或他人愿望、观念、情绪、判断、态度影响的心理特点。它是人类最简单、最典型的条件反射。

强大的心灵力量

心理暗示分为自我暗示与他人暗示两种。自我暗示是指自己接受某种观念，对自己的心理施加某种影响，使情绪与意志发生作用。

根据暗示对人的作用，心理暗示又可以分成积极暗示和消极暗示两种。

消极暗示有时会给人体带来不良的影响，比如“假孕”。有的女人结婚后很想怀孕，由于焦虑而十分害怕月经按时来潮，结果使怀孕的希望落空。然而由于受到这种迫切心情的影响，所以当自己月经过期还没来，就觉得自己怀孕了。很快又发现自己开始厌食、恶心、呕吐、喜吃带刺激性的食物……然而，经医生检查和化验后，发现并没有怀孕。原来，这是因为想怀孕的强烈愿望及焦虑的心理因素，破坏了人体内分泌功能的正常进行，尤其是影响下丘脑垂体对卵巢功能的调节，使体内的孕激素增高和排卵受到抑制，结果出现了暂时闭经的症状。

又比如，有的人习惯在上班前或出去办事前照照镜子、整整衣服、理理头发，当他们从镜子里看到自己脸色不太好看，而且上眼睑浮肿，恰巧前一晚睡眠又不好的时候，就马上会有不好的感觉，甚至怀疑自己是否得了肾病。继而觉得自己全身无力、腰痛，于是觉得自己不能上班了，最后只好到医院去看医生。

这些都是对健康不利的消极的自我暗示。

当然，暗示也能对人体产生积极作用。比如，权威的暗示对人的记忆力很有影响。有人做过实验，分别让两组学生朗读同一首诗。第一组在朗读前，主试者告诉他们这是著名诗人的诗，这就是一种暗示；对第二组，主试不告诉他们这是谁写的诗。在学生朗读后，再立即让他们默写。结果，第一组的记忆率为56.6%；第二组的记忆率为30.1%。

同样，我们再来看看上面早起照镜子的另一种心理暗示。有的人早晨起来后同样在镜子里看到自己脸色不好，由于睡眠不好而精神有些不振，眼圈发黑，但他会马上用理智控制自己的紧张情绪，并且暗示自己：到户外活动活动，做做操，练练太极拳，呼吸一下新鲜空气就会好的。于是，精神便振作起来，高高兴兴地去工作了。这种积极的自我暗示，则有利于身心健康。

在临床中，心理暗示是可以用来治疗疾病的。最常见的就是心理咨询。咨询师常采用言语或非言语的手段（语言、手势、表情、动作以及某种情境等）含蓄间接地对来访者的心理和行为施加影响，引导来访者顺从咨询师的意见，从而达到某种咨询的目的，这就是在使用心理暗示。

关于心理暗示治疗疾病还有个让人不可思议的例子，是关于一个晚期癌症患者的。

赛蒙顿医生是一位专门治疗晚期癌症病人的专科医生，他有一位61岁患喉癌的病人。当时，这位病人的体重大幅下降，癌细胞的扩散已经使得他无法进食。

赛蒙顿医生告诉这位患者，自己将会全力救治他，帮助他与病魔做斗争。同时，赛蒙顿医生对病人毫无隐瞒。他让这位病人充分了解了自己的病情和医生的治疗方案，希望这样能缓解病人不安的情绪，努力与医护人员配合。

结果，这位病人恢复得非常好，治疗的过程也进行得十分顺利。赛蒙顿医生还教这名病人运用想象力，想象自己体内的白细胞大军在与癌细胞对抗，并最后战胜了癌细胞。

令人意想不到的是，几个星期之后，癌细胞的破坏性果然被抑制了，这位癌症的晚期患者竟然战胜了癌症。对这个杰出的治疗成果，就连赛蒙顿医生自己也感到十分惊讶。

其实，赛蒙顿医生正是因为运用了心理疗法来治疗这位癌症病人，才获得了如此成功的疗效。他对患者说：“你对自己的生命拥有比你想象中更多的主宰权，即使是像癌症这么难缠的恶疾，也能在你的掌控中。你完全可以运用心灵的力量，来决定自己的生或死。甚至，如果你选择活下去，你还可以决定自己要什么样的生活品质。”

是的，生命其实是把握在我们自己的手中的。“只要你想做，你就能做到。”好像听起来有点儿难以置信，那让我们再来看一个奇迹。

有一位妇女因丈夫突然在车祸中死亡，精神上受到强烈的刺激，悲痛得双目失明。但经医生检查，眼睛的结构没有病变，而是心理性的失明。可是，医生用了许多的方法都没能把这位妇女的病治好。

后来，医生建议妇女做催眠治疗。催眠师暗示她视力已经恢复，并对她说：“我数五个数，数到第五个时，你醒来就能看见东西了。”接着，催眠师很慢地数数，当数到五的时候，病人醒来，果真发现自己的视力已完全恢复。

心灵的力量是十分强大的，它既可以摧毁一个人，也可以拯救一个人，就看人们是抱着积极的心态还是消极的心态。

含蓄的暗示更有效果

心理学认为，人都有一种倾向，即自觉或不自觉地维护“自主”的地位，不愿意受别人的干涉或控制。从这个观点看，暗示的作用往往比直接劝说或指示的作用大。

三国时期，曹操率领部队去讨伐张绣。当时正值七八月间，骄阳似火，万里无云，士兵们口渴难忍，行军速度明显变慢，有几个体弱的士兵竟然因体力不支晕倒在道旁。曹操见状，非常着急，心想如果再这样下去，部队根本不能如期到达目的地，战斗力也会被大大削弱。于是，他询问向导附近是否有水源，向导说最近的水源在山谷的另一边，还有不短的路程。

曹操沉思一阵之后，一夹马肚子，快速赶到队伍前面，然后很高兴地转过马头对士兵说：“诸位将士，前边有一大片梅林，那里的梅子红红的，肯定很好吃，我们加快脚步，过了这个山丘就到梅林了！”士兵们一听，不禁口舌生津，精神大振，步伐加快了许多。

这就是大家都熟悉的望梅止渴的故事，曹操使用心理暗示的方法来振奋士兵的精神。其实，生活在社会中的每一个组织和个人，为了达到自己的目的，都会进行暗示活动。

1941年，德国建造了几十艘潜艇，需要招收几千名潜艇水手。许多德国青年以为当潜艇水手十分浪漫，都跃跃欲试，准备去报名。

为了破坏德国海军的征募计划，美国海军心理战部门精心设计了一张传单，对德国青年进行暗示性心理影响。在这张传单上，潜艇被画成“钢铁棺材”，并配有文字说明。比如，在潜艇上工作非常危险，由于长期与外界隔绝，暗无天日，人的寿命会缩短，等等。

许多德国青年看到这张传单后，受到传单内容的暗示，马上由潜艇联想到棺材，由棺材又联想到死亡，于是纷纷放弃了报名。一张施加心理暗示的传单，就使美军成功地拖延了德国海军潜艇招募水手的计划。

同样的，在心理咨询和教育中也最好尽量少用命令方式去提出要求。若能用含蓄巧妙的方法去引导，就能获得更好的效果。

比如，如果简单地吩咐孩子：“快去睡觉！”“闭上眼睛！”往往并不见效，有时反倒使孩子更加兴奋。这时，不妨在被窝里给孩子讲故事：“有一天，小鸭子要出去玩儿。妈妈说别的小朋友都睡觉了。小鸭子不听，结果走到河边一看，鱼儿睡觉了；走到树林一看，小狗都睡了；走到田野里，小鸡都睡觉了……小鸭子想，妈妈说得对，我也想睡觉了。于是，它也想睡觉了。”在讲故事的时候，可以用一种单调的疲倦的声音，同时不断地重复“睡觉了”“闭眼了”等，声音逐渐减弱，最后若有若无。如果在讲故事的同时闭上眼睛，并不住地打呵欠，效果会更好!

美国田纳西州有一座工厂，许多工人都是从附近农村招募的。这些工人由于不习惯在车间里工作，总觉得车间里的空气太少，因而顾虑重重，工作效率降低。后来，厂方在窗户上系了一条条轻薄的绸巾，这些绸巾不断飘动着，暗示着新鲜的空气正从窗户里涌进来，工人们从此去除了“心病”，工作效率随之提高。

人都有一种倾向，即自觉或不自觉地维护“自主”的地位，不愿意受别人的干涉或控制。所以，暗示愈含蓄，效果愈好。

□ 环境对人的暗示和诱导

美国斯坦福大学心理学家菲利普·辛巴杜于1969年进行了一项实验，他找来两辆一模一样的汽车。其中一辆完好无损，停放在帕洛阿尔托的中产阶级社区；另一辆则把车牌摘掉，把车篷打开，停在相对杂乱的纽约布朗克斯区。

结果，停在布朗克斯的那辆，当天就被人偷走了；而放在帕洛阿尔托的那一辆，一个星期也无人理睬。后来，辛巴杜用锤子把没被偷走的那辆车的玻璃敲碎了。结果，仅仅过了几个小时，它就不见了。

以这项实验为基础，美国政治学家威尔逊和犯罪学家凯琳提出了一个"破窗效应"理论，他们认为：如果一栋建筑物的窗户玻璃被人打坏了，而这扇窗户又没有得到及时的维修，别人就可能受到某些暗示性的纵容而去打碎更多的窗户。久而久之，这些破窗户就给人造成一种无序的感觉。结果在公众麻木不仁的氛围中，犯罪就会滋生。

"偷车试验"和"破窗理论"更多的是从犯罪的心理去思考问题，但不管把"破窗理论"用在什么领域，不过是角度不同、道理相似。也就是说，环境具有强烈的暗示性和诱导性，必须及时修好"第一块被打碎的窗户玻璃"。

推而广之，从人与环境的关系这个角度去看，我们周围生活中所发生的许多事情，不正是环境暗示和诱导作用的结果吗?

比如，一面墙上如果出现一些涂鸦没有清洗掉，很快就会布满乱七八糟、不堪入目的东西；在一个干净的地方，人们会不好意思扔垃圾，而一旦地上有垃圾出现，人们就会毫不犹豫地随地乱扔垃圾，丝毫不觉得羞愧；在公交车站，如果大家都井然有序地排队上车，也没有多少人会不顾众人的文明举动和鄙夷眼光而贸然插队，而车辆尚未停稳，猴急的人们你推我拥，争先恐后，后来的人如果想排队上车，恐怕也没有耐心了；桌上的财物和敞开的大门，可能会使本无贪念的人心生不轨；对于违反公司程序或廉政规定的行为，有关组织没有进行严肃处理，没有引起员工的重视，便会使类似行为再次甚至多次重复发生；对于工作不讲求成本效益的行为，有关领导不以为然，使下属员工的浪费行为得不到纠正，会使这种情况日趋严重……

破窗理论体现的是细节对人的暗示效果以及细节对事件结果不容小视的重要作用。事实证明，破窗理论也确实能够指导人们的生活。

20世纪的纽约以“脏乱差”闻名，环境恶劣，同时犯罪猖獗，地铁更是罪恶的延伸地，被认为是“可以为所欲为、无法无天的场所”，针对纽约地铁犯罪率的飙升，纽约市交通警察局局长布拉顿采取的措施是号召所有的交警认真推进有关“生活质量”的法律，他以“破窗理论”为师，认为小奸小恶正是暴力犯罪的引爆点。

因此，虽然地铁站的重大刑事案件不断增加，他却全力打击逃票者。结果发现，每七名逃票者中，便有一名是通缉犯；每二十名逃票的人，就有一名携带凶器。结果，从抓逃票开始，地铁站的犯罪率竟然下降了，治安大幅好转。

同时，他又从地铁的车厢开始治理卫生。车厢干净了，站台也变干净了；站台干净了，阶梯也随之整洁了；随后街道干净了，旁边的街道也干净了。后来，整个社区干净了；最后，整个纽约都变得干净起来。

所以说，如果环境好，不文明之举也会有所收敛；反之，如果环境不好，文明的举动也会受到影响。

人是环境的产物，同样，人的行为也是环境的一部分，两者之间是一种互动的关系。从这个意义上说，我们平时一直强调的“从我做起，从身边做起”，已不再是一个空洞的口号，它决定了我们自身的一言一行会对环境造成什么样的影响。在社会其他领域，同样存在着破窗效应，关键是我们如何去把握环境的暗示和诱导作用。

> 如果一栋建筑物上的一块玻璃被人打坏了，又没有得到及时修复，别人就可能受到某种暗示性的纵容，去打碎更多的玻璃。久而久之，这些窗户就会给人一种无序的感觉，在这种麻木不仁的氛围中，犯罪就会滋生和蔓延。

人容易被共性欺骗

心理暗示容易受人操纵和控制，让人不知不觉就变成受害者。因为心理暗示发挥作用的前提是自我的不完善和缺陷，所以如果一个人的自我非常虚弱和幼稚的话，就会很容易被别人的“暗示”占领和统治。

这种人的人格本身，就存在着严重的依赖倾向，甚至可以说，在这些人的潜意识中，就存在着接受暗示、接受控制、接受操纵的渴望和需要。

自身存在着严重的自卑和不安全感的人，内心往往会通过幻想，制造各种神话与奇迹，并且有源源不断的好运。而这种心态往往和外来的暗示一拍即合。所以，那些没有主见的人、人云亦云的人、依赖性比较强的人、比较幼稚的人、患病或者遭受精神打击的人，往往容易成为接受不良暗示的群体中的一员。

事实上，制造各种迷信传奇者，要么是本人深谙人性弱点的“超级骗子”，要么就是骗人骗己的精神变态者，具有因为变态而畸形发展的自我暗示和他人暗示的艺术。

由于暗示作用的人格基础是脆弱的，暗示作用的理论基础往往会建立在虚假的幻想之上，所以，暗示作用总是面临着失效的危险。需要寻求暗示来支撑自己的人，不得不频繁变换顶礼膜拜的对象。所以，那些信誓旦旦地宣称相信某种功法的人，可能在某一天又突然对其大肆攻击，转而投在另一种神奇功法的脚下。

我们可以断言，容易接受暗示的人，从来就不是某种真正的信仰或宗教的虔诚信仰者，因为他们没有自己的真正主见，他们不是自己的主人，什么神奇、什么能满足他们的依赖需要、什么流行，他们就会信仰什么。由此，我们也就不难理解，这么多年来，没有一种所谓的“神奇功法”真正得以流传，它们几乎都是短命的。因为制造“神奇功法”的人和他们的追随者，本身的人格就不成熟、不稳定，当然也就没有准确的判断能力，更谈不上有什么坚定不移的信仰了。

概括起来，暗示作用的本质，就是人由于自身弱点会受到别人的影响，严重的可以达到不加分析和批判地接受别人的观点甚至异端邪说。人的依赖性越强、人格越幼稚、主见越少，就越容易受别人暗示、越容易被别人控制和奴役、越容易相信异端邪说、越容易走火入魔。从这个角度讲，对于暗示过分敏感、愿意轻信各种奇迹神功，实际上是一种弱点和缺陷，它标志着一个人的幼稚，意味着一个人的人格不成熟。

有位心理学家曾经针对巴纳姆效应做过一个实验，他给一群人做完明尼苏达多相人格检查后，拿出两份结果让参加者判断哪一份是自己的结果。事实上，一份是参加者自己的结果，另一份是多数人的回答平均起来的结果。没想到，很多参加者竟然认为后者更准确地表达了自己的人格特征。

著名的杂技演员肖曼在评价自己的表演之所以受欢迎时说，是因为节目中包含了每个人都喜欢的成分，所以他使得“每一分钟都有人上当受骗”。

认识自己，心理学上叫自我知觉，是一个人了解自己的过程。巴纳姆效应说明在人类的思想意识领域有诸多共性的东西，而人们在认识自我的时候，容易被共性欺骗。

心理学家常常会使用下面这些当材料：

你很需要别人喜欢并尊重你。

你有自我批判的倾向。

你有许多可以成为你优势的能力没有发挥出来，同时你也有一些缺点，不过你一般可以克服它们。你与异性交往有些困难，尽管外表上显得很从容，其实你内心焦急不安。

你有时怀疑自己所做的决定或所做的事是否正确。你喜欢生活有些变化，厌恶被人限制。

你以自己能独立思考而自豪，别人的建议如果没有充分的证据你不会接受。

你认为在别人面前过于坦率地表露自己是不明智的。

你有时外向、亲切、好交际，而有时则内向、谨慎、沉默。

你的有些抱负往往很不现实。

其实，以上这些是一顶套在谁头上都合适的帽子。在生活中，这种效应的典型反映是在算命过程中。

很多人在请教过算命先生后都认为算命先生说得“很准”。其实，那些求助于算命先生的人本身就有易受暗示的特点。当人的情绪处于低落、失意的时候，对生活失去控制感，安全感也受到影响。一个缺乏安全感的人，心理的依赖性也大大增强，受暗示程度就比平时更强了。加上算命先生通常善于揣摩人的内心感受，只要稍微能够理解求助者的感受，求助者立刻就会感受到一种精神安慰。算命先生接下来再说一段一般的、无关痛痒的话便会使求助者深信不疑。

在人们认识自我的时候，容易被共性欺骗。人很容易相信一个笼统的、一般性的人格描述，即使这种描述十分空洞，但仍然会被认为是反映了自己的人格面貌。

人的依赖性越强、人格越幼稚、主见越少，就越容易受别人暗示、越容易被别人控制和奴役、越容易相信异端邪说、越容易“走火入魔”。

第九章

有始有终

为什么一件不打算穿的毛衣，却觉得非要织完不可？
为什么一份没前途的工作，却觉得非做不行？
为什么得到99枚金币的厨子本该欣喜若狂，却变得不再快乐？
为什么人们容易忘记已经完成的工作，却对尚未完成的工作印象深刻？

□ 不要一口气将事情干完

倘若信才写了一半，圆珠笔突然没有水儿了，你是随手拿起另一支笔继续写下去还是四处寻找一支颜色相同的笔？但是在寻找时，思路又可能会转到别的地方去，而丢下没写完的信。或者，你是否被一本间谍小说迷住了，哪怕明天早上有一个重要会议，也要读到凌晨四点仍不释卷？又或者，你突然爱上了编织，每天回到家的第一件事情就是拿起毛衣针，煞有介事地织着毛衣。虽然只是重复动作，却搞得茶饭不思，如果中途有别的事情打断，只要有机会，就能接上。可是，尽管织完了你也并不着急穿。

其实，之所以出现这种现象，是因为人们天生有一种办事有始有终的驱动力。

1927年，心理学家蔡戈尼做了这样一个实验：将受试者分为甲乙两组，让他们同时演算相同的并不十分困难的数学题。让甲组一直演算完毕，而在乙组演算中途，突然下令停止。然后，让两组分别回忆演算的题目，结果，乙组的记忆成绩明显优于甲组。

这是因为人们在面对问题时，尽管全神贯注，一旦解开了就会松懈，不再在意，因而会很快忘记。而对解不开或尚未解开的问题，则要想尽一切办法去解开它，因而记忆也就潜藏在大脑里。

这种解答未遂的问题，深刻地留存在记忆中的心态就叫“蔡戈尼效应”。人们之所以会忘记已完成的工作，是因为欲完成的动机已经得到满足；如果工作尚未完成，这同一动机便使他对此留下深刻印象。

关于这种心理，曾有过这样一个故事：一位爱睡懒觉的大作曲家的妻子为使丈夫能按时起床，在钢琴上弹出一组乐句的头三个和弦。作曲家听了之后，辗转反侧，再也睡不着觉，最后终于不得不爬起来，弹完了最后一个和弦。正是趋合心理迫使他不得不爬起来，完成他在脑中早已完成的乐句。

对于大多数人来说，“蔡戈尼效应”是推动我们完成工作的重要驱动力。但是，有些人会走向极端，要么因为拖拉永远也完不成一件事，要么非得一口气把事做完不可。其实，这两种人都需要调整他们的完成驱动力。

一个人做事半途而废，也许只是因为害怕失败。同样，只愿永远当学生而不想毕业的人，也许是因为这样就可以不必到社会上去工作。也可能是由于他在潜意识中就不相信自己会成功，于是害怕成功，因此也就下意识地逃避成功。

泰克医生为有这样心理的人提出了一个解决的方法，“如果你精力集中的时间限度是十分钟，而工作要一小时才能做完。那么，你的脑筋一开始散漫你就要停止工作，然后用三分钟的时间活动筋骨。例如，跳几下，去倒一杯水，或是做些肌肉运动的锻炼。活动过后，再把另一个十分钟花在工作上”。

一个非把每件事都做完不可的人，可能会导致生活没有规律、太紧张、太狭窄。这类人只有减弱过强的内驱力，才可以一面做事一面享受人生乐趣。其实，如果把这种态度缓和一下，不仅使你能在周末离开办公室，还能让你有时间去应付因过分依赖工作而带来的问题，例如自我怀疑、感觉自己能力不够或不能应付紧张等等。而且，这类人为了避免半途而废，还可能会把自己封死在一份没有前途的工作上。兴趣一旦变得狂热，就可能是一个警告信号，表示过分强烈的“完成内驱力”正在渐渐主宰你的消遣活动。

那么，怎样才能把脱缰之马一般的“完成内驱力”抑制住呢？

第一，在看事物的时候运用自己的价值观标准，如果我们发现一个工作计划不值得做，就勇敢地放弃。

第二，编制一个时间表，把必须做的事以及要花费的时间都写下来。努力培养出一种较合实际的意识，把期限定在要求办妥的时间以前。比如，你有笔账必须在2月1日缴付，那就预订在1月25日付出。

第三，一点一滴地强化意志力，可以先从一件小事来训练自己。比如，强迫自己在洗碗槽里留下几只碟子不洗；看一本书的时候，尝试中间休息一下，想想自己是否在浪费时间和精力，如果连自己都觉得是，那就考虑一下要不要继续看下去？

> 人们之所以会忘记已完成的工作，是因为欲完成的动机已经得到满足；如果工作尚未完成，这同一动机便会对此留下深刻印象。

□ 无法忍受的缺口

从前，有一位国王，天下尽在其手中，照理说，他应该满足了，但事实并非如此。

国王自己也纳闷儿，为什么对自己的生活还不满意？尽管他也有意识地参加一些有意思的晚宴和聚会，但都无济于事，他总觉得缺点儿什么。

一天，国王起了个大早，决定在王宫中四处转转。当国王走到后厨时，听到有人在快乐地哼着小曲。循着声音，国王看到一个厨子在唱歌，脸上洋溢着幸福和快乐。

国王甚是奇怪，他问厨子为什么如此快乐，厨子答道："陛下，我虽然只是个厨子，但我一直尽我所能让我的妻儿快乐。我们所需不多，家里有间草屋，肚里不缺暖食，便够了。我的妻子和孩子是我的精神支柱，而我哪怕带回家一件小东西都能让他们满足。我之所以天天如此快乐，是因为我的家人天天都快乐。"

听厨子这么说后，国王便去向宰相询问此事，宰相答道："陛下，我相信这个厨子还没有成为99族。"

国王诧异地问道："99族？什么是99族？"

宰相答道："陛下，想确切地知道什么是99族，请您先做这样一件事情。

在一个包里放进99枚金币，然后把这个包放在那个厨子的家门口，您很快就会明白什么是99族了。”

国王按照宰相所言，令人将装了99枚金币的布包放在了那个快乐的厨子门前。

厨子回家后发现了门前的布包，好奇心让他将包拿到房间里。他打开布包，先是惊诧，然后是狂喜。金币！全是金币！这么多的金币！厨子将包里的金币全部倒在桌上，开始清点起来。可是数来数去，都是99枚金币。99枚？厨子认为不应该是这个数，于是，他数了一遍又一遍，的确是99枚。他开始纳闷儿：没理由只有99枚啊，没有人会只装99枚金币，还有一枚金币究竟哪里去了？

于是，厨子开始寻找，他找遍了整个房间，又找遍了整个院子。直到找得筋疲力尽，他才彻底绝望了，心情也沮丧到了极点。他决定从第二天起，加倍努力工作，早日挣回一枚金币，以使他的财富达到100枚金币。

然而，由于晚上找金币太辛苦，第二天早上他起来得有点儿晚，情绪也极坏，对妻子和孩子大吼大叫，责怪他们没有及时叫醒他，影响了他早日挣到一枚金币这一宏伟目标的实现。而当他匆匆来到皇宫，便不再像往日那样兴高采烈了，既不哼小曲，也不吹口哨，只是埋头拼命地干活，一点儿也没有注意到国王正在悄悄地观察着他。

看到厨子的情绪变化如此巨大，国王大为不解，照理说，得到那么多金币，应该欣喜若狂才对啊！于是，国王再次去问宰相。宰相答道：“陛下，这个厨子现在已经正式加入99族了。99族是这样一类人：他们拥有很多，但从来不会满足，他们拼命工作，为了额外的那个‘1’，他们苦苦努力，渴望尽早实现‘100’。”

与此类似，还有一个关于完整和缺憾的小故事。

一位老太太把自己楼上的房间租给了一个男青年。

第一天晚上，男青年玩儿到很晚才回来。他爬到床上，“咕咚”“咕咚”地脱下皮鞋，倒头就睡。第二天，老太太对他说：“你昨晚脱鞋的声音太响了，害得我好久都睡不着。”男青年听了后，很不好意思，说：“我以后一定注意，一定注意。”

一天，男青年又半夜归来。他一到家就“咕咚”一声脱下了一只鞋，这时，他突然想起老太太的抱怨，于是，他轻轻地把另一只鞋放下，没有发出任何声音。

次日，老太太问男青年：“你昨天怎么脱了一只鞋？”

男青年说：“我脱了一只鞋后，想起您对我说的话，怕影响您休息，就把另一只鞋轻轻放下了。”

这下，老太太更生气了，喊道：“你害我一夜都睡不着。”

“为什么呀？”

“我一直在等第二只鞋落下来啊。”

人们天生有一种办事有始有终的内驱力。如果事情起初不完美，人们就倾向于把它变得完美，正如留有一个小缺口的圆，人们会倾向于把这个圆完成。

积分的激励作用

很多公司为如何吸引和留住顾客绞尽了脑汁，有的给顾客赠送精美的小礼品，有的提供免费饮料，有的印制购物优惠券……促销的手段层出不穷。现在，出现了一个绑牢顾客的新方法，这个方法不仅能告诉商家怎样绑牢顾客，还能显示出顾客对什么样的奖励有兴趣。

这个绑牢顾客的新方法就是——“消费满额送”。这种方法能让顾客表现出较高的忠诚度，并且只要卖方先赠送部分消费积分，顾客就更急着达到规定消费额。这是约瑟夫·努内斯和沙维·德雷兹教授研究的结果。

在一项实验中，研究人员给300名顾客发了洗车忠诚卡。同时对顾客表示，每洗一次车，忠诚卡上就会盖一次章。忠诚卡分两种，一种是满八个章送一次洗车服务，这种卡上还未有印章；另一种是满十次送一次服务，不过已经盖了两个章。其实，这两种卡都需要再消费八次才能有免费的洗车服务赠送，只不过商家预先给了后一种卡积分而已。

接着，拿了忠诚卡的顾客开始来洗车了，每消费一次工作人员就盖一个章。几个月后，研究人员查看了实验结果，努内斯的假设得到了证实。前一组中只有19%的顾客集齐了八个章，后一组拿到两个赠送章的顾客中，有34%集齐了另外八个章。不仅如此，后一组顾客集齐印章的速度也比前一组要快，平均每三天就会光顾一次洗车场。

努内斯和德雷兹表示，以消费积分换免费服务时，先赠送部分积分，比让顾客从零开始更能促进购买。他们还指出，顾客离规定积分越近，购买行为就越频繁。从上面的实验中也可以看出，从零积分开始的顾客，每次光顾洗车场的间隔天数比第二组要多一天半。

当然，这种方法还能用在其他地方。当请求他人帮助时，你可以用对方对该项目的参与度来说服他。比如向对方表示手头上的项目和对方原先做的那个很相似，然后再重点强调这类项目其实已经快被攻克了。如果这招不管用，你还可以告诉对方这个项目已经做好一大半，只差30%就完工了。

再比如，假设你的团队有一个销售目标，但员工们初期的完成效果并不是很理想。这时，你得知有一大笔订单已经接下来了，那你最好尽快将这个消息告诉员工，不要把它留着做目标完不成时的退路。因为只有这样，你才能为员工打气，大家齐心协力，才可能追上目标。

老师和父母也可以用这种方法，如果孩子不爱做作业，可以提供一些让孩子做作业的动力。比如，他要是能连着六个周末都完成作业，就放他一个周末自由活动。甚至可以在计划正式启动前，先给他一个周末的“积分”，效果会更好。

当人们知道离完成任务已经不远时，就会更急着去完成它。以消费积分换取免费服务时，先赠送部分积分，比让顾客从零开始更能促进购买。顾客离规定的积分越近，购买行为就越频繁。

□ 对未知事物的推想

犹太人费尔南多非常穷，他在一个星期五的傍晚抵达一座小镇。他没钱吃饭，更住不起旅馆，只好到犹太教堂找执事，请他介绍一个能提供安息日食宿的家庭。

执事打开记事本，查了一下，对他说："这个星期五，经过本镇的穷人特别多，每家都安排了客人，唯有开金银珠宝店的西梅尔家例外。只是他一向不肯收留客人。"

"他会接纳我的。"费尔南多十分自信地说。很快，他就来到西梅尔家门前。等西梅尔一开门，费尔南多神秘兮兮地把他拉到一旁，从大衣口袋里取出一个砖头大小的沉甸甸的小包，小声说："砖头大小的黄金能卖多少钱呢？"

珠宝店老板眼睛一亮，可是，这时已经到了安息日，按照犹太教的规定，安息日不能谈生意，但老板又舍不得让这上门的大交易落入别人手中，便连忙挽留费尔南多在他家住宿，打算到第二天日落后再谈。

于是，在整个安息日，费尔南多都受到珠宝店老板的盛情款待。到了星期六夜晚，终于可以做生意了，西梅尔满面笑容地催促费尔南多把"货"拿出来看看。

"我哪儿有什么金子？"费尔南多故作惊讶地说，"我不过想知道一下，砖头大小的黄金值多少钱而已。”

其实，人们所感知的世界，只是他们自己所构建成的知觉经验罢了，人们通常将他们看到、听到、感觉到的经验，组织成自己有兴趣的事物。对他们来说，所谓的真实，只不过是他们将从外面世界里所获知的部分信息，赋予他们自己的意义而已。

犹太人费尔南多正是利用人天生对未完成的情况形成个人意义的原理，设计了故事的前半部分，让对方去进行一些“合理”推想，从而达到自己的目的。

人们通常将他们看到、听到、感觉到的经验，组织成自己有兴趣的事物。聪明的犹太人正是利用了人们的这一心理，引出话题，让对方对自己的商品进行一些“合理”推想，从而达到目的。

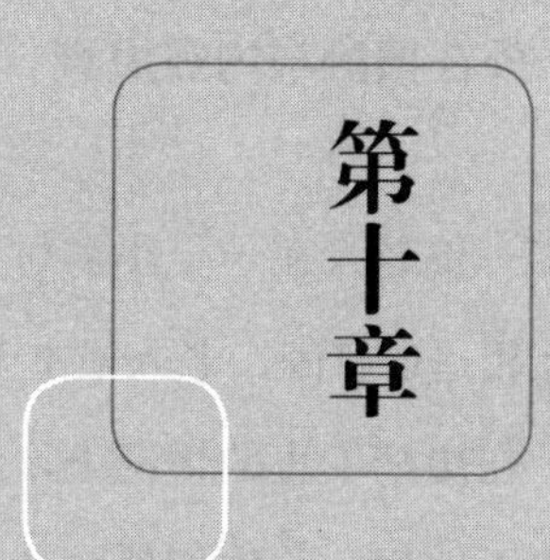

第十章

社会认同

为什么喜欢追逐打闹的顽皮孩子不愿再大声喧哗了？
为什么现场的观众越多，演员的表演热情越高？
为什么公司储藏室里安装了镜子，偷窃的行为就明显减少了？

□ 外在报酬与内在报酬

一位老人在一个小乡村里休养，但附近住着一群十分顽皮的孩子，他们天天互相追逐打闹，老人根本无法好好休养。

在屡禁不止的情况下，老人想出了一个办法。他把孩子们都叫到一起，然后告诉他们：“你们使劲儿地喊，我将给每一个叫喊的人一些奖励，并且谁叫的声音越大，谁得到的报酬就越多。”每次，他都根据孩子们吵闹的情况给予不同的奖励。

等到孩子们已经习惯于喊叫就能获取奖励的时候，老人便开始逐渐减少给他们的奖励。最后，无论孩子们怎么叫喊，老人一分钱奖励也不再给他们了。结果，孩子们认为受到的待遇越来越不公正，觉得“不给钱了，谁还给你喊”。从此，老人再也听不到这群孩子大声吵闹了。

一个人的行为如果只用外在理由来解释的话，那么，一旦外在理由不再存在，这种行为也将趋于终止。因此，如果我们希望某种行为得以保持，就不要给它足够的外在理由。

关于这个心理特点，心理学家德西在1971年做了一个实验。他让大学生做受试者，在实验室里解答有趣的智力难题。实验分三个阶段：

第一阶段，所有的受试者都没有奖励；

第二阶段，将受试者分为两组，实验组的受试者完成一个难题可得到一美元的报酬，而控制组的受试者无报酬；

第三阶段，休息时间，受试者能够在原地自由活动，并把他们是否继续去解题作为喜爱这项活动程度的指标。

实验组的受试者在第二阶段确实很努力，而在第三阶段继续参加解题的人数很少，这说明兴趣与努力的程度在减弱。而控制组受试者中有更多的人花更多的休息时间继续解题，说明兴趣与努力的程度在增强。

德西在实验中发现：在某些情况下，人们在外在报酬和内在报酬兼得的时候，不但不会增强工作动机，反而会减弱工作动机。此时，动机强度会变成两者之差。这就是“德西效应”。

这个结果表明，当进行一项愉快的活动时，如果提供外部的物质奖励，反而会减弱这项活动对参与者的吸引力。

一个私人企业老总常常向人抱怨自己的高级人才大量走失：“我已经连续给他们涨了很多次工资，怎么看不到一点儿成效呢？”就薪金这个角度来看，原有的外在报酬如果距离人才需要满足的水平太远，直接激励的原有强度又不足，必然导致德西效应。如果人才觉得工作本身所具有的外在报酬和内在报酬都不尽如人意，即使外在报酬不断增加，也无法达到他的预期，转投他处是必然的结局。

所以，公司老板如果希望自己的职员努力工作，就不要给予职员太多的物质奖励，而要让职员认为他自己勤奋、上进，喜欢这份工作，喜欢这家公司。就像希望孩子努力学习的家长，也不能用太多的金钱和奖品去奖励孩子考出好成绩，而要让孩子觉得自己喜欢学习，并且认为学习是件很有趣的事情。用外在理由支持的行动是不会长久的，只有自动自发才是长久之计。

在某些情况下，人们在外在报酬和内在报酬兼得的时候，不但不会增强工作动机，反而会减弱工作动机。所以，用外在理由支持的行动是不会长久的，只有自动自发才是长久之计。

他人评价容易唤起内驱力

如果你在一条空旷的马路边散步时，发现一个人在你身后急匆匆地跟着你，你就会不自觉地加快自己的步伐。

骑车上街买东西时，当你发现后面有一辆自行车在向你骑的车子靠近并正要超越你时，你会情不自禁地加快车速。

如果你是位老教师的话，虽然你有时候身体不大舒服，可是上了讲台，精神就来了。

举重运动员在观众面前能举起他单独练习时难以举起的重量。

自行车运动员在与他人竞赛时的成绩要比单独练习时的成绩好。

不少演员和运动员在表演和比赛时，观众越多，情绪越激烈，他们的劲头就越足，技术发挥得就越好……这些现象的产生，究竟是一种什么心理效应呢?

1904年，社会心理学家茅曼在对哈佛大学学生进行的追踪研究中发现，在有观众在场的情况下，学生的思维和反映要比没有观众时快一些、好一些。接着，阿尔波特通过实验进一步阐明：如果是完成同样的任务，个人单独完成任务与观众在场时完成任务相比，单独完成的赶不上在观众面前完成的效果。

这种现象不仅在人类中存在，在动物中也同样存在。1937年，我国学者在清华大学所做的实验证明，蚂蚁在单独、成对、三只、一群时挖掘沙土的数量是很不一样的，三只蚂蚁一起挖掘沙土时，每一只蚂蚁的工作量是一只蚂蚁单独工作时的三倍。

最后，社会心理学家得出结论：这种有人在旁与单独行动条件下个体绩效差异的心理现象，叫"观众效应"。

那么，"观众效应"是怎样产生的呢？

社会心理学家的研究证明，观众在场时往往会唤起有关别人正在进行评价的想法，这可能是较为重要的动机。在任何社会情境中，人们都害怕被抛弃，总希望自己能够受到别人的喜欢和接受。当我们和别人在一起时，这些动机就更为强烈。比如，当你和很多人在同一个室内时，你就会认为他们其中有人可能正在审查你的工作，甚至在注意着你的表情、行为。这时，你会受他人的影响而出现一些行为。其实，这些观众可能与你毫无关系，然而你可能会料想到他们中会有人在某种程度上对你进行评价。

别人的评价，往往会唤起个人的内驱力，也就是使行为个体产生了达到目的的驱动力，从而起到了促进行为的"观众效应"。

个人在他人在场的条件下，会在无意识竞争的社会情境中进行自我表现。

□ 镜子的监督作用

亚瑟·比曼教授在万圣节前夕做了一个关于镜子的实验。这次的实验地点不是在大学实验室，也不是在大街上，而是在选中的十八个住户家里。

当前来要糖的孩子敲开家门时，化装为住户的研究助理接待了他们。问过孩子的名字后，研究助理指向家中桌子上的糖果盘，表示每个孩子都可以拿一块糖。说完，他就借口有事离开了房间，其实，他是躲起来偷偷观察孩子们背地里会不会多拿糖。而孩子们并不知道有人会在暗处看着自己。

结果显示，超过1/3的孩子都多拿了糖，确切地说，是33.7%的孩子。接下来，镜子要出场了。研究人员想证实镜子是否能减少这类不诚实的行为。于是，他们提前在糖果盘边摆了面镜子，让孩子拿糖果时能从镜子里看见自己的影像。这时，有多少孩子多拿了糖呢？只有8.9%。

此外，卡尔·格林教授也做了一个实验来证实个人影像的反射是否能规范人们的行为。

在学期初，格林教授先调查了实验对象对乱丢垃圾的看法。过了一段日子，研究人员假装让这些人到图书馆协助完成心跳实验，并提前在图书馆显眼的地方摆放了两台闭路电视。这两台闭路电视，一台会直播拍到的实验对象身影，而另一台播放的是一些几何图形。当实验对象到达图书馆后，将他们分成两组，置于不同的闭路电视环境下。

这时，研究人员表示需要在他们的手上涂些凝胶来做心跳监测。当实验对象认为监测结束后，研究人员会递给他们一张纸巾用来擦拭手上的凝胶，同时告诉他们可以从楼梯间走出去。接下来，才是实验的真正目的：观察有多少人会把纸巾扔在楼梯间。

结果，在闭路电视里没看到自己影像的那组受试者中，有46%的人把纸巾扔在了楼梯间。而另一组能从闭路电视中看见自己影像的人，只有24%的乱扔纸巾。这个实验至少说明一个问题：如果乱丢垃圾的人能时刻从镜子里看见自己，他们还会这么做吗？答案是：不会。

生活中，我们也可以用镜子理论的微妙之处来说服他人按社会期望行事。例如，在合适的地方安放一面镜子，能促使孩子们真诚地对待他人。同样，发现下属在公司储藏室里顺手牵羊的，也可以借用神奇的镜子来制止偷窃。这种场合下，镜子可以代替摄像头，不仅节省花费，还能避免让员工产生不被信任感，最重要的是能达到减少偷窃行为的效果。

如果碰到不适合放镜子的场合呢？此时，有两种做法能产生与镜子相同的效果。第一种方法是心理学家爱德华·迪纳尔发现的。那就是事前询问人们的名字，同样能收到这样的效果。这就是说，为孩子或员工贴上姓名标签的同时，也为规范他们的行为打下了基石。

第二种方法是由贝特森教授提供的。他认为在墙上贴张印有眼睛图案的海报也能起到相同的效果。研究人员为此做过实验，他们在某公司的公共区域摆放了需要付费饮用的咖啡或茶水，同时在一旁的墙上挂上一幅画。画的内容每星期更换，这星期是花朵，下星期就是眼睛，以此类推。实验显示，当画的是眼睛时，会为饮料付费的人数是当画改为花朵时的2.5倍。

不管是自己的眼睛还是他人的眼睛，在某些场合被一双眼睛看着应该不是件坏事。当人们觉得有双眼睛在看着自己时，就会做出更符合社会期望的行为。

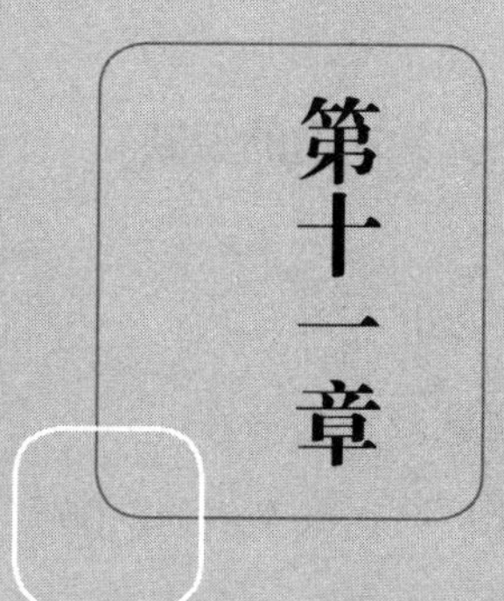

第十一章

机会越少，价值越大

为什么纪念品上的婚礼日期印错了，反而身价倍增？
为什么可口可乐从来不在口味上进行创新？
为什么恋人受外部干涉越强，反而爱得越深？

□ 人为制造的短缺

20世纪40年代，一种新式影印机在美国全录公司诞生了。公司的创始人威尔逊获得生产该影印机的专利权。这种命名为“全录91型”的新式影印机第一批出厂时，成本仅为2400美元，谁知威尔逊竟将售价定为29,500美元，超出成本10倍以上。

公司里知情的同事们不禁倒吸了一口冷气，大家禁不住问威尔逊：“你是想做暴发户吗？”

“那当然！只要不是傻瓜，谁都想当暴发户呀！”

“我看你是想暴利想疯了。请你想想，这样高的价格卖得出去吗？卖不出去的东西还有什么利润可言？”

“放心吧，我正常得很，我的脑袋比谁都清醒。”面对一连串的质问，威尔逊一概回以神秘的微笑。

“那——”

“请允许我打断你的话。听我说，我不仅知道这样高的价格可能会使影印机一台也卖不出去，我还知道，这个定价已经超出了现行法律允许的范围。等着瞧吧，我们的这个宝贝很可能被禁止出售。”

“那还得了！就算有跟你一样的疯子来买我们的宝贝，你又有什么法宝可以获得法律的许可呢？”

“什么法宝也没有。即使有，我也不用。我要的就是法律不允许出售，允许了也不卖。做到这两点，巨额的利润就能稳稳到手了。”

“什么？不准卖，而且卖不出去我们反倒能获得巨利？”

“是的，我本来就不准备出售影印机的机体，而是卖影印机的服务！从服务中获取利润。”威尔逊胸有成竹地说。

不出威尔逊所料，这种新型影印机果然因定价过高而被禁止出售。但是，由于在展览期间已经向人们展示了它独特的性能，使得消费者非常渴望能使用这种奇特的机器。再加上威尔逊早已获得了生产专利权，“只此一家，别无分店”。所以，当威尔逊把这种新型影印机以出租服务的形式重新推出时，顾客顿时蜂拥而至。

尽管租金不低，但受到目前过高售价的潜意识影响，顾客仍然认为值得。没过多久，威尔逊就赚取了巨额的利润。

正所谓“物以稀为贵”，在人们的观念中，难以得到的东西总是比容易得到的东西要好。人们觉得越稀少、越新奇的东西，也越有价值。威尔逊正是抓住了人们的这一心理，从而获得了巨额的利润。

其实，不仅仅是在生意场上，在生活中的许多方面我们都可以利用人们“物以稀为贵”的这种心理。

布赖恩·F. 阿赫恩的工作是负责招聘新的保险代理人。通常，在招纳贤才时，他们会发放一些简介，让人们能进一步了解公司。但是，人们在看过材料后再联系布赖恩的不多。

布赖恩的公司不是在每个州都有业务，同时，公司每年只在业务开展区内招聘一定数量的人才。以前，布赖恩从未想过要在介绍材料里提到这些。不过在知道稀缺原则后，布赖恩开始把这些情况加在材料里：“我们的公司每年只吸纳为数不多的贤才。2006年，在28个地区，我们只计划招聘42名代理，目前已招到了35人。希望在招聘结束前，剩下的空缺里能有您的位置。”

布赖恩这样做后，招聘效果果然好了很多，有不少人前来咨询具体情况。事实上，布赖恩并没有多花一分钱，也没有搞什么活动，更没有改变招聘的程序，唯一不同的就是多了几句大实话就增强了招聘的效果。

> 机会越少，价值就越高。难以得到的东西通常都比容易得到的东西要好，也更能得到人们的珍惜。

□ 从一文不值到重金难求

2005年4月2日晚，梵蒂冈天主教教宗约翰·保罗二世与世长辞。约翰·保罗二世一生成就显赫，从对抗消费主义到反对堕胎，他给人们带来了巨大的影响。消息一经宣布，就发生了件让人无法解释的怪事：人们纷纷拥向商店，把咖啡杯和银勺之类的纪念品抢购一空。

如果说纪念品上印有保罗二世的头像，购买它是为了纪念这位罗马天主教教宗，那这样的行为还情有可原。但事实并非如此。更让人无法理解的是，这些疯狂的抢购并不是发生在梵蒂冈、罗马或者意大利其他地区，而是发生在几千英里以外的英国。不过有一点可以肯定，那就是这次奇怪的抢购与教宗的逝世无关。

实际上，这些咖啡杯、茶具、茶巾等纪念品是和英国皇室有关。它们是为了纪念英国王子查尔斯与卡米拉的婚礼。那到底是什么引发了这场抢购潮呢?

原来，英国王子查尔斯与卡米拉的婚礼原定于2005年4月8日星期五在英国温莎举行，不巧，正好和约翰·保罗二世的葬礼在同一天。出于尊重，也为了能够参加已故教宗的葬礼，查尔斯王子将婚期延后了一天，改为2005年4月9日。

这么一来，温莎出售的纪念品上的婚礼日期就都不正确了。但人们无一例外地认为这些纪念品日后会变为“珍藏版”，有升值潜力，于是纷纷跑去购买。错印的纪念品在人们眼中俨然成了提前脱销的“黑便士邮票”。纪念品遭抢购的消息传出后，又使得更多的人加入了抢购的风潮，纪念品很快就销售一空。

准备在温莎报道皇室婚礼的记者们拦下抱着大包小包纪念品的顾客，向他们询问购买纪念品的原因，证实了吸引人们购买的原因并不是出于对杯子的需求，也不是因为它和皇室婚礼有关，仅仅是因为纪念品上面的婚礼日期印错了，而这一点可能会让它日后身价倍增。

通常来说，稀少的东西会变得更有价值。心理学研究也证实，物品的稀缺性和唯一性会提高其在人们眼中的价值。当人们得知某样东西很稀少并且限时限量供应时，就越渴望拥有该物品。人们就是抱着这种心理才去抢购纪念品的。

不久，商店又进了日期正确的婚礼纪念品，然而购买的人并不多。让人们没想到的是，这次抢购的结果导致拥有错版纪念品的人比买正品的人还多了。曾一度被认为稀少的错版纪念品，事实上到处都有，价值自然也就一般了。

不过，购买者中还是不乏有远见之人，那就是几天后又购买了正品的顾客。他们明白，全套的咖啡杯——错版加正版，才是稀罕之物。

通常来说，稀少的东西会变得更有价值。心理学研究也证实，物品的稀缺性和唯一性会提高其在人们眼中的价值。当人们得知某样东西很稀少并且限时限量供应时，就越渴望拥有该物品。

□ 可口可乐的尴尬创新

1985年4月23日，美国可口可乐公司做了一个不智之举，后来被《时代周刊》称为“十年来的营销惨败”。那么，可口可乐公司究竟做了件什么事呢？

事情是这样的：可口可乐公司发现，很多人都喜欢百事可乐那略微甜的口味，于是决定放弃其传统可乐配方，推出带甜味的“新可口可乐”，谁知，却引起了消费者的抵制。

消费者对可口可乐公司更换口味的这个决定十分生气。全美国几千名传统可乐的拥护者奋起抵制“新可口可乐”，要求传统口味重新回到市场。一名已退休的西雅图投资商——盖因·莫林斯还顺势创办了“传统可乐爱好者协会”。

“传统可乐爱好者协会”的成员遍布全美各地。他们通过民间呼吁、司法途径及查找法律条文等手段，要求复苏传统可乐。为此，莫林斯还设了电话专线，供人们宣泄不满和发表意见。此外，莫林斯还向人们发放了数千枚“抗议新可口可乐”的纽扣和T恤。他甚至还对可口可乐公司提出集体诉讼，不过联邦法官并没有接受。

不过，让人感到奇怪的是，有人曾让莫林斯闭着眼睛品尝新老两种可乐，结果显示，连莫林斯自己都更喜欢新口味，而且他也说不出新老可乐到底有何不同，但是这不妨碍他继续为传统可乐奔走忙碌。看来，莫林斯先生认为他失去的东西远比他对新可乐的喜爱重要。

后来，可口可乐公司做出了让步，让传统可乐又重新回到了人们的身边，不过，公司的管理人员始终不明白，推陈出新的决策到底错在哪里？

要知道，在向外界宣布放弃老口味前，可口可乐公司花了四年时间，对25座城市的20万消费者做了详细调查。在蒙眼品尝测试中，新老口味的受欢迎度为55%和45%。而当消费者知道哪瓶是新口味、哪瓶是老口味时，新口味的受欢迎度又提高了6%。

既然这样，为何推出新产品的决策会遭到抵制？谜团恐怕只能用短缺原理来解释了。

在做品尝测试时，新可乐对人们来说是无法买到的东西，所以人们对得不到的东西表现出了喜爱。但当公司宣布用新配方替代老配方时，传统可乐就变成人们得不到的东西了，因此人们的喜爱之情也有了转移。

这样来看，新口味的受欢迎度在后一个测试中得到提高是合理的。只不过可口可乐公司没有正确理解那6%产生的原因。他们误以为这代表人们会对新口味趋之若鹜。其实应该这么理解：当人们知道这个产品买不到时，就会更喜欢它。

物品的稀缺性和唯一性会提高其在人们眼中的价值。所以，当一样东西非常稀少或者开始变得稀少起来时，它的价值就会上升。

损失也能变成诱因

如果你有一个点子，一经采用就能为部门每年节省10万元开支，那么，在向经理推荐时，你最好这么对经理说："如果不采用这项建议，那部门每年会损失10万元。"因为这样说的效果会比告诉经理每年能节约多少开支更具有说服力。

美国加州大学的研究人员就曾经假扮电力公司的员工做过这么一项调查：他们告诉一组用户，通过节约能源，每天能省50美分。另一组用户则被告知，如果不节约能源，每天将损失50美分。结果，在节约用电的住户中，后者比前者要多出三倍。

在这个案例中，虽然用户的损失与收益是一样的，但以损失做诱因的方法具有更好的劝说效果。因为人们不喜欢损失的程度远远超过他们对等量获利的喜欢程度，这种现象被称为"损失厌恶"。

"损失厌恶"这一概念最初是由丹尼·克赫曼和阿莫司·特沃斯基提出的，用来解释人们在投资、决策、谈判及说服过程中的行为。

"损失厌恶"心理会让投资新手早早卖出股票，只为保障已经到手的利润。同样，它还会促使亏损的投资者继续持仓观望，因为一旦卖出，就意味着赔本买卖噩梦成真了。

知道了“损失厌恶”心理后，我们在销售中可以好好地加以利用，比如，“新产品促销打八折，别错失良机”的宣传用语就比“用八折的价格购买新产品”更能让顾客掏腰包。因为前面一句宣传语告诉了顾客这种机会难得：不是什么时候都能以八折买的，机会一旦失去，可就没有了。

同样，在损失与收益可能性相同的情况下，公司的管理层也会因惧怕损失而做出决策，因为损失能让人们产生更大的情绪波动。

人们都有一种维护既得利益的强烈愿望。当这种利益受到限制或威胁时，人们就会比以前更想拥有它。

限量购买反而带来抢购

一位美国商人在纽约郊区开了一家服装厂，但是苦心经营了一段时间后，并没有达到他的预期目标。这位商人看到积压着的许多商品，急得焦头烂额。经过多日的思考，他终于想出了一个办法。

这位商人在纽约市中心的繁华街区又开了一家商店，并在各大媒体做了广告：商品标出价格的头12天按全价出售，从第13天起到第18天，降价25%；第19~24天，降价50%；第25~30天，降价75%；第31~36天，如果仍然没人要，剩下的服装就无偿捐给慈善机构。

该商店的广告一经发布，立即成了人们议论的话题。几乎每个人都想到这家商店去看一看，还有很多人预言：“这个笨蛋将会倾家荡产。”因为如果顾客都等到商品价格降到最低时才买，商店岂不是会吃大亏？更糟糕的是，如果没人买的话，商店就要将服装无偿捐给慈善机构，那损失岂不是更大?

然而，出乎人们意料的是，这家商店的服装十分畅销，前后不到半个月便销售一空。商家这种看似愚蠢的做法从一开始就吸引了大批顾客的关注。顾客都生怕东西被别人买后自己就买不到了，于是争相购买。那位被认为将会倾家荡产的服装商反而坐收渔利。

日常生活中，类似这位服装商的聪明商家还有很多。其实，聪明的商家个个都是利用短缺原理的行家。为一些产品定制限量版与珍藏版，就是他们惯用的伎俩。他们会告诉顾客某种商品供应紧张，数量有限，又或者采用限期优惠的策略，对某种优惠或商品加以时间上的限制，使得顾客不得不马上做决定。

一家百货商店的经理眼看将近月末，可销售计划还没有完成，不由得心急如焚。可是，店里实在没有什么商品是畅销货，怎么办呢？看着店里那堆积如山的牙膏，经理犯了愁。忽然，他灵机一动，立即写了一张广告："本店出售牙膏，每人限购一管！"写好后，经理将广告贴在店外最显眼的地方，并一本正经地吩咐营业员："没有我的同意，只准卖一管。"

不一会儿，广告前就围了一群人，人们议论纷纷："怎么只能买一管？""说不定要涨价。"渐渐地，这家商店里就热闹起来了。为了能多买一管牙膏，有的人甚至不惜排了好几次队。与此同时，还有一些人通过关系找上门来，预购一箱又一箱的牙膏。到傍晚时，所有积压的牙膏全部销售一空。

2003年2月，英国航空公司宣布，协和式飞机将永远退出历史舞台。这一消息让协和式飞机停飞前的机票异常好卖。同年10月，当协和式飞机执行最后一次飞行任务时，数以千计若有所失的人拥堵在高速公路上，只为观看过去30年里每天都在上演的飞行。

此外，家长们在节日里挤破了头去抢购那存货不多的游戏手柄，恋人们在节日里争先恐后地购买那限量销售的节日礼物，等等，都是聪明商家的杰作。

一般说来，人们对于越得不到的东西，越是想得到，对于越不让接触的东西，越想接触，对于越不让知道的事情，越想知道。这种逆反心理在消费上主要表现为越是不好买的商品，越能激起人们的好奇心和抢购欲望。

□ 干涉越多，相爱越深

莎士比亚的名剧《罗密欧与朱丽叶》描写了罗密欧与朱丽叶的爱情悲剧。他们相爱很深，但两家是世仇，因此，他们的感情得不到家里其他成员的认可。虽然双方的家长百般阻挠，然而，他们的感情并没有因为家长的干涉而有丝毫减弱，反而相爱更深，最终双双殉情而死。

在现实生活中，也常常见到这种现象，父母的干涉非但不能减弱恋人们之间的爱情，反而使感情得到加深。父母的干涉越多，反对越强烈，恋人们反而爱得越深。这种现象被心理学家称为“罗密欧与朱丽叶效应”。

某中学初一年级的两位学生由于相互吸引而走到了一起。一开始，老师和家长都竭尽全力干涉。这种干涉反而为两个孩子增加了共同语言，使得他们更加接近，俨然一对棒打不散的鸳鸯。

后来，校长改变了策略，他将孩子和老师都叫去，没有批评孩子们，反而说老师误会了他们，把纯洁的感情玷污了。过后，这两个孩子还是照样来往，但是没过多久，他们就因为缺乏共同点而渐渐疏远。最终，由于发现对方与自己理想中的王子、公主相差太远而分道扬镳。

人们都有一种自主的需要，都希望自己能够独立自主，不愿意当被人控制的傀儡。一旦别人越俎代庖，代替自己做出选择，并将这种选择强加给自己时，就会感到自己的主权受到了威胁，从而产生一种抗拒心理，排斥自己被迫选择的事物，同时更加喜欢自己被迫失去的事物。正是这种心理机制导致了罗密欧与朱丽叶式的爱情故事一代代不断地上演。

心理学家的研究还发现，越难得到的东西，在人们心目中的地位越高，价值越大，对人们越有吸引力；轻易得到的东西或者已经得到的东西，其价值往往会被人所忽视。通常，婚外恋如果受到干涉，双方反而相爱越深，恨不得天天厮守在一起；然而，一旦真与自己婚外恋的情人如愿以偿地生活在一起，又会觉得情人也不过如此，原来的伴侣或许会更好一些。

外部的干涉非但不能减弱恋人们之间的爱情，反而使感情得到加深。干涉越多、反对越强烈，恋人们相爱就越深。

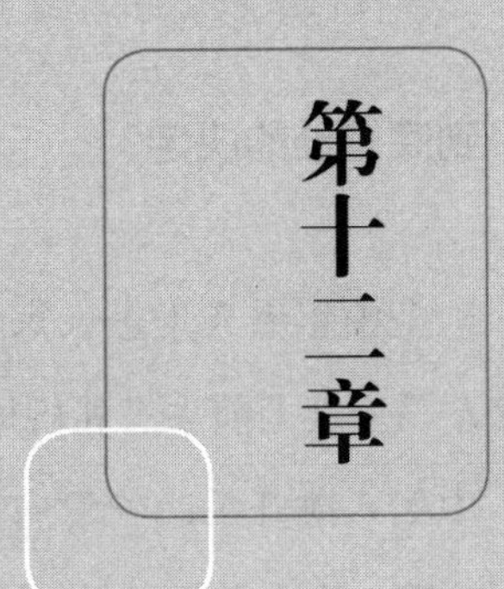

个人责任与共同负责

为什么在商场随便转转的人在买下猎枪、帐篷、睡袋后，还租了一辆越野车？
为什么多次拒绝年轻人的主管在提完自己的建议后采用了整批装帧图案？
为什么一条商业街上最前和最后的铺位都不是最好的？

到底是谁的决定?

一个中年男人走进一家百货公司。今天值班的是经理吉米，他看到中年人到来，马上迎上前去有礼貌地打招呼："先生，您好，需要点儿什么呢？"

中年人摊开手，耸耸肩说："我什么都不需要，我只是休假三天，实在闲得很无聊，出来随便转转。"

吉米笑道："哦，休假吗？太好了，这么好的天气干吗不去威斯堡林场打猎呢？那儿可是个美丽的地方啊，野兔和黄羊多得打都打不完，你可以在那儿亲手做一次野外烧烤。"

中年人怔了一下，说："是呀，我怎么没想到呢？"于是，他随着吉米到娱乐部买了一把德国产的猎枪。

吉米说："先生，您去打猎，晚上肯定是回不来了！既然去野外玩儿，就玩儿个痛快吧！那儿晚上还有篝火晚宴，您可以自带一个小帐篷和睡袋，很方便的，这样您就可以参加那里的篝火晚宴了。"于是，中年人又毫不犹豫地买下了小帐篷和睡袋。

买完这些东西，中年人正准备高兴地往外走，突然又回过头来说："可是我的汽车不太适合那里的山路，再说，开一辆豪华的汽车去打猎，也享受不了那种野外的情趣。"

“不要着急，先生，这很好办，请随我来。”说着吉米又把中年人带到汽车部，推荐了几款专门对外租赁的越野车给他。于是，中年人又租下了一辆漂亮的越野车。

类似的故事还有不少。

一位先生去商店购买西装。他一踏入西装店，店员立刻过来招呼，问道：“先生，您希望买什么颜色的西装？深蓝色的如何？”

顾客点了点头，表示赞同。

对方马上又说：“依先生您的体格，深蓝色很相配。那您希望什么样式的纽扣呢？”

顾客只好回答：“只有一颗纽扣的怎么样？”

“依先生您的行业，还是选择有点儿特色的较好。”

就这样，这位先生一一回答对方的询问，最后，不知不觉地买下店员所推荐的深蓝色西装。

当时，这位先生自己也觉得这套西装很合适，但回家后仔细打量，总觉得不太对劲，又不好意思要求更换。毕竟当店员提出询问时，他也回答了自己的条件，也就等于是自己选择了那一套西装。

这位店员可谓颇有“心计”，他的高明在于：他可以让顾客说“是”。一开始就让对方说“是”，能使他忘掉你们争执的焦点，愿意去做你建议他做的事。

实际上，这个店员虽然只是提出一连串的询问，其效力却在于封住了顾客的嘴，让对方错以为是自己所下的结论！

当对方想诱导你下某种结论时，聪明的人不从正面着手，而只是让你回答他的询问，假装尊重你的意见，让你错以为自己主动做决断。所以，一旦有人反复对你提出询问时，你应该警惕对方使用的心理战术。

当你跟别人交谈的时候，千万不要以讨论不同的意见作为开始，而是要以双方认同的事情作为开始。《影响人类的行为》一书中说：“当一个人说‘不’时，他所有的人格尊严都已经行动起来，要求把‘不’坚持到底。事后，他也许会觉得这个‘不’说错了，但是他必须考虑到宝贵的自尊心而坚持说下去。”因此，使对方采取肯定的态度，是一件特别重要的事。

这确实是一种非常简单的技巧！但是，它被许多人忽略了！所以，在说服别人的时候，聪明的做法不会以讨论异议作为开始，而是以强调而且不断强调双方所认同的事情作为开始。

约翰是长岛的一个旧汽车商。一天，他的商店里来了一对年轻的夫妇。他向这对夫妇推荐了许多车，费尽了口舌，然而，他们对每辆车都能找出毛病。就这样，他们选遍了库存的所有旧车，最后空手而去。

但是，约翰不愧为一个出色的商人，他不仅没有表现出任何的不满，而且留下了这对夫妇的电话，表示有好车时就告诉他们。约翰在分析了两个人的心理后，决定改变策略，不是竭力向顾主推销车，而是让他们自己下决心买车。

几天后，当一个要卖掉旧车的顾客光临时，约翰决定试一下新策略。他打电话请来了那对夫妇，并说明是让他们来提几点建议。那对夫妇来后，约翰对他们说：“我了解你们，你们都是通晓汽车的人。你们能否帮我看看这辆车能值多少钱？”这对夫妇十分吃惊，汽车商竟然请教起他们来了。

丈夫检查了一会儿，又开了五分钟，然后说：“如果能花300美元买下，就不要犹豫。”

“假如我花这么多钱把车买下，您不想再从我这里买走吗？”商人问道。

“当然，我马上可以买下。”就这样，这笔买卖很快成交了。

每个人对他人强迫自己干的事都会感到不快，都喜欢根据自己的意愿行事。约翰的聪明之处在于看到了这一点。当然，聪明的人并不只有约翰一个，犹太人布拉德利也了解到了人们的这种心理。

布拉德利最初在向客户推销保险时，一见到客户便向他们介绍保险的好处，同时，还向对方大讲现代人不懂保险会带来什么不利。最后，他还会说："最好您也买一份保险。"可是，无论布拉德利怎么说，也很少有人向他买保险。一个月下来，他没有得到几份保险单。

后来，布拉德利经过仔细思考，改变了策略，不再对客户夸夸其谈，而是换了一种交谈的方式。

"您好！我是国民第一保险公司的推销员。"布拉德利说。

"哦，推销保险的。"客户应道。

"您误会了，我的任务是宣传保险，如果您有兴趣的话，我可以义务为您介绍一些保险知识。"布拉德利说。

"是这样啊，那请进。"客户说。

布拉德利初战告捷，在接下来的谈话中，他像说家常一样，向客户详细介绍了有关保险的全部知识，并将参加保险的益处以及买保险的手续巧妙地穿插在介绍中。

最后，布拉德利说："希望通过我的介绍能让您对保险有所了解。如果您还有什么不明白的地方，请随时与我联系。"说着，布拉德利就递上了自己的名片，直到告辞也只字未提让客户向他买保险的话。但是，到了第二天，不少客户会主动给布拉德利打电话，请他帮忙买一份保险。

布拉德利成功了，一个月卖出的保险单最多时达150份。

每个人对他人强迫自己干的事都会感到不快，哪里有强迫，哪里就有反抗，无论是谁，都喜欢根据自己的意愿行事。当对方想诱导你做某种结论时，聪明的人不从正面着手，而是假装尊重你的意见，让你错以为自己主动做决断。

与顾客相关的产品才好卖

一位专门负责推销装帧图案的年轻人在向一家公司推销装帧图案时，几乎每个星期都要到这家公司跑一次，有的时候甚至跑好几次。然而，这样跑了一年多，这家公司还是没有能够与他达成交易。公司的主管人员总是先看看草图，然后充满遗憾地告诉他："你的图案缺乏创新，我看还是不能用，对不起……"

这位年轻人几乎没有勇气再登这家公司的大门了，然而，一个偶然的机会，他读到了一本如何影响他人行为的心理学方面的书籍，深受启迪，便决定采用一种新的方法试试。

这次，年轻人带着未完成的草图去拜见公司的主管人员。一见到那位主管人员，他便恳切地要求道："我想麻烦您帮我个忙！您看，我这里有一些未完成的草图，希望您能从百忙中抽空给我指点一下，以便我们能够根据您的意见将这些装帧图案修改完成。"

这位主管人员答应了他的要求，给他的那些草图提出了一些自己的看法。

几天以后，年轻人又去见那位主管人员。这次，他带来的是根据主管的意见修改完成的装帧图案。最后，这批装帧图案全部被成功推销给了这家公司。

自此以后，这位年轻人又用同样的方法顺利而成功地推销了许多装帧图案，他自己也因此获得了丰厚的报酬。

当他谈到自己的成功经验时，说道："现在，我明白了以前一直无法成功的原因，因为我强迫别人顺应自己的想法。现在不同了，我请他们提供意见，然后再根据他们的意见将装帧图案修改完成。这样，他们就觉得自己参与创造设计了那些装帧图案。人们对自己参与的事情总是抱支持的态度。所以，即使我不去推销，他们也会自动来购买的。"

所以，让别人支持某件事的最好办法就是让他参与进来。著名的成功学大师卡耐基就很善于使用这种方法来说服别人。

卡耐基小时候，有一次，在山里抓到了一只兔子，便很开心地把兔子带回家。没想到，这是只怀孕的母兔，过了不久，便生下好几只小兔子。卡耐基这下犯了难：因为小兔子食量很大，而小卡耐基根本买不起豆渣、胡萝卜等饲料来喂养小兔子。

看着活泼可爱的小兔子，卡耐基不忍心把它们扔掉。想来想去，他想出一个办法。于是，他跑到左邻右舍，告诉自己的玩伴："谁能够每天摘些苜蓿和车前草来喂兔子，那只兔子就以他的名字命名。"没想到，此言一出，伙伴们争相喂养小兔子。从此以后，这些兔子每天都能吃到美味可口的食物。

多年以后，卡耐基在商业上也应用了同样的原理。卡耐基打算将一家钢铁厂销售给宾夕法尼亚铁路局，而汤姆生是该局的局长。为了更好地谈成这笔生意，卡耐基将那家钢铁厂命名为"汤姆生钢铁厂"。当然，生意非常顺利地就谈成了。

产品要怎样才能更好地吸引顾客呢？那就是让顾客参与进来。对于很多商品，顾客都有一种非常奇妙的心理。他们在心理上更多关注的是与自身有关的事物，比如籍贯、姓名、性别、民族、颜色、口味，等等。让自己的产品附带上这些信息，往往就能顺利地推销出去。

每个人对自己参与创造或与自身有关的事物都会抱支持的态度。因此，在产品上附加一些与顾客自身有关的信息，将会为产品打开更好的销路。

□ 掌握“发牌”的主动权

第二次世界大战期间，斯大林由于受反常的“自我尊严”的驱使，变得很难接受别人的意见，“唯我独尊”的个性使他不能允许世界上有人比他高明。

在莫斯科保卫战前夕，大本营总参谋长朱可夫将军曾建议“放弃基辅城”，以免遭德军的“合围”。这本来是一个很有战略眼光的建议，但斯大林听不进去，还当面骂朱可夫“胡说八道”，并一怒之下把朱可夫赶出了大本营。

不久，基辅果然遭到德军的合围，守城的红军精锐部队全军覆没。等到斯大林对朱可夫说“你是对的”时，已经是马后炮了。

而一度当了苏军大本营总参谋长的华西列夫斯基，却往往能使斯大林在不知不觉中采纳他正确的作战计划。为什么呢？这要归功于华西列夫斯基别致的进言策略。

在斯大林的办公室，斯大林与华西列夫斯基正在谈天说地，华西列夫斯基往往“不经意”地“顺便”说说军事问题，既不郑重其事，也不头头是道。可奇妙的是，往往等他走了以后，斯大林便会想出一个好计划。过不了多久，斯大林就在军事会议上陈述了这个计划。大家都惊讶斯大林的深谋远虑，纷纷称赞，斯大林自然十分高兴。

华西列夫斯基本人也与大家一样显得惊异，并且与众人一道表示赞叹和折服。这样一来，再也没有人想到这是华西列夫斯基的主意，甚至斯大林本人也不这样认为了。只有上帝最清楚，统帅部实施的就是华西列夫斯基的计划。

华西列夫斯基在军事会议上的进言更是令人啼笑皆非。他首先讲三条正确的意见，但由于口齿不清，他往往用词不当，前后重复，没有条理。但因为他的座位通常靠近斯大林，所以只要使斯大林一个人明白他的意思就行了。

接着，华西列夫斯基又画蛇添足地说出两条错误的意见。而且，这会儿他来了精神，条理清晰，声音洪亮，振振有词，好像非要使得这两条错误意见的全部荒谬性昭然若揭才肯罢休，这往往使在场的人心惊胆战。

等到斯大林定夺时，他自然要首先批判华西列夫斯基那两条错误的意见。斯大林往往批判得痛快淋漓，心情舒畅。接着，他再逐条逐句、清晰明白地阐述他的决策。

斯大林当然完全不像华西列夫斯基那样词不达意、含混不清。但华西列夫斯基心里明白，斯大林正在阐述的就是他刚刚表达的那几点意见。当然，那些意见是经过斯大林加工、润色了的。不过，谁也不会追究斯大林的意见是从哪里来的。这样一来，华西列夫斯基的意见也就移植到斯大林心里，变成斯大林的东西，因而很容易得以付诸实施。

事后，曾有人嘲讽华西列夫斯基有毛病，是个“受虐狂”，每次不让斯大林骂一顿心里就不好受。对这种评价，华西列夫斯基往往是笑而不答。只有一次，他对过分嘲讽他的人回敬道：“我如果也像你一样聪明，一样正常，一样期望受到最高统帅的当面赞赏，那我的意见也就会像你的意见一样，被丢到茅坑里去了。我只想让我的进言被采纳，我只想前线的将士少流血，我只想我军打胜仗，我认为这比讨斯大林当面赞赏重要得多。”

在这里，华西列夫斯基运用的就是一种潜智慧，这无疑是一种更为明智的选择。

最巧妙的欺瞒，是让别人看起来好像是自己选择的结果，受欺瞒者自认为有完全的控制能力，而事实上他们不过是傀儡。

好位置隐藏的商机

某个班级分到了两张音乐会的票，大家都想去，只好抽签决定。签做好之后，班长耍了个小花样。他将签排成一行，让同学们先抽，为了以示公平，剩下的最后一张才是他的。

同学们一个个把签抽走，全是空白。最后，一行签里只剩下第一张和最后一张，两张都写着“有”字。可见，班长并没有骗人，他也如愿得到了一张票。

其实，班长只是摸清了大多数人的心理，因为大家都觉得，总的来说，抽到哪个签的机会都差不多，但对第一个和最后一个，大家在心理上都会有一种心理：不可能那么巧，两张票会落在最前和最后！于是，在没有特别心理提示的情况下，大多数人会觉得从中间随手抽一张成功的机会将更大。

人们的这种心理在购买东西的时候也体现得很明显。

如果你想租一个铺位开店，有一条商业街和路边一溜儿大排档的商铺出租，那么，租哪个位置的铺位最好呢？或许很多老板都有这样的想法：租靠近路口或街口的第一间，截住顾客，先吃头啖汤，生意一定最好！

事实上，如果这样选择，那就错了，而且大错特错！因为顾客的心理与商家不同，商家想多赚钱，而顾客想少花钱，两者的心理恰恰是相反的。所以，要想生意好，就必须从顾客的角度去考虑。

当顾客走进一条商业街时，通常不会在逛第一家店时便成交。他总要走走看看，货比三家，以免上当。当走得差不多了，看也看过了，比也比过了，便会找其中一家成交，但一般都不是第一家或者最后一家。当然，如果一条商业街是一眼就能看到头的，多数人也不会特意选择最中间那一家。相对来说，两头的三分之一处的成交机会最大。

一条商业街上，最前和最后的铺位并不是最好的，相对来说，街两头三分之一处的成交机会最大。

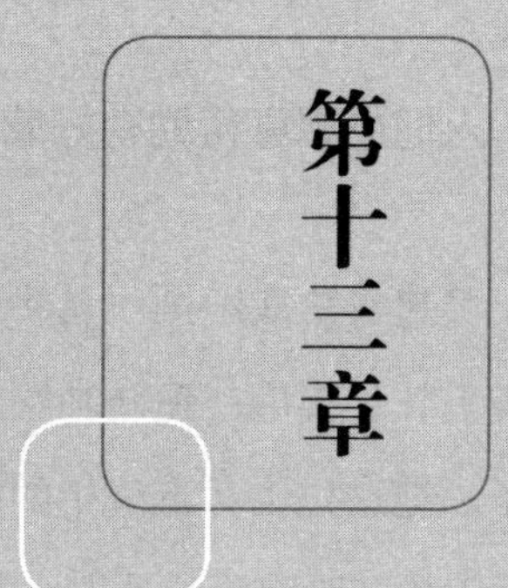

第十三章

喜爱与偏好

为什么屡次想升迁的军官被人称赞谦虚无私、淡泊名利?
为什么工作马虎的女秘书不再出错了?
为什么复述客人点餐时说的话能让侍应生收到更多的小费?

人们更愿意帮助有好感的人

吴起有“战国第一名将”之称。有一次，他统率魏军攻打中山国，有个士兵身上长了毒疮，辗转呻吟，痛苦不堪。吴起巡营时发现后，毫不犹豫地跪下身子，把这位士兵毒疮中的脓血一口一口地吸吮出来，减轻了他的痛苦。这位士兵的母亲听说了这件事，大哭。

有人说：“你儿子仅仅是个普通士兵，却得到将军为你儿子吮血，应是光荣之事，为什么还要哭呢？”士兵的母亲说：“不是这样呀，前几年吴将军为我的丈夫吮吸疮口，结果使他直到战死也没回头。今日吴将军又为我儿子吮脓血，真不知我儿子要死在哪里了！”

俗话说“士为知己者死，女为悦己者容”，每个人都愿意为自己喜欢的人做事，而且往往会任劳任怨、不计得失。吴起对下属的一片赤心，换来的是下属奋勇杀敌。

这就是心理学所谓的“喜欢原则”，是指我们愿意帮助自己喜欢的人，同时也愿意赞同他们的意见。人们总是愿意帮助自己认识和喜爱的人，这应该是很自然的事情，没有谁会对此表示惊讶，然而，让人始料未及的是，这条原理被一些人以形形色色的方式利用了！

19世纪英国的首相迪斯累里就是其中的一位。

有一位军官一再请求，让迪斯累里加封他为男爵。首相知道这个人才能超群，也很想将他纳为己用，可这位军官的条件够不上加封爵位。

一天，迪斯累里把这位军官单独请到办公室，告诉他说："亲爱的朋友，很抱歉我不能封你为男爵，可是我能给你一件更好的东西。"他压低声音道，"我会告诉所有人，我曾多次请你接受男爵的封号，可都被你拒绝了。"

这个消息被首相传出后，众人都称赞这位军官谦虚无私、淡泊名利，对他的礼遇和尊敬甚至超过了对真正的男爵的。军官在获得了巨大的荣誉之后，由衷地感激首相。从此以后，他成为了迪斯累里最忠实的伙伴以及军事顾问。

人们愿意帮助自己喜欢的人，同时也愿意赞同他们的意见。这条貌似寻常的原则却往往可以在现实中得到巧妙的应用。

投其所好，快速获得他人的信任

想要对“喜欢原则”加以应用，那么，如何获取对方的喜欢则是一个重要的前提。接下来我们来看看“投其所好”的策略。“投其所好”具有很大的隐蔽性，比较容易成功达到目的。因为它是针对人们的喜好或弱点下手，很少有人能够抗拒得了，就连一向多疑的希特勒也没逃过“投其所好”这一招。

随着盟军诺曼底战役的胜利，希特勒败局已定，德军内部厌战、反战情绪急剧蔓延，就连为希特勒立过汗马功劳的“沙漠之狐”隆美尔元帅也主张早日结束战争，以免无谓的牺牲。可是，希特勒一意孤行，妄想挽回败局。

37岁的军官施陶芬贝格已在战争中失去了一只眼睛和一只胳膊，他渴望着和平。因此，他利用职务之便，联络了一批渴望早日结束战争的军官，决心刺杀希特勒，并准备接管德国政府。希特勒一向奸诈多疑，他所居住的元首山庄总是岗哨林立，戒备森严，很难有机会下手行刺。

机会终于来了，关在集中营里的成千上万名外国劳工举行了大暴动。希特勒对此束手无策，大伤脑筋。

施陶芬贝格认为这是接近希特勒的大好时机。于是，他连夜制订了一个用来镇压外国劳工的庞大计划的纲要，代号为“女武神”，并立即报告给希特勒。他相信，为了这个重要的计划，希特勒一定会召见自己。果然不出所料，元首山庄打来电话，要他立即觐见。

“元首阁下，全部计划纲要都在这里，我相信按我的计划办理，那些劳工一个个都会变得比绵羊还老实。”施陶芬贝格急忙递上他的“杰作”。

“啊，非常出色，特别出色！”希特勒一边用放大镜观看，一边禁不住激动起来。

见此情景，施陶芬贝格立即接上话题说：“元首阁下，这个计划还不大完善，请允许我进一步修改后再向您汇报。”

“很好，你尽快去修改，必须在一个月之内拿出具体方案。”希特勒看着这个为他的战争献出了一只眼睛和一只胳膊，现在又在为他分忧解难的年轻军官，心中不免有些喜欢。出师顺利，施陶芬贝格加紧实施谋杀计划。

这之后有两次刺杀希特勒的机会，但最终没能实施。

一天，施陶芬贝格又被通知去元首大本营参加由希特勒主持的军事会议。这次他做了充分的准备：他先到厕所，从事先等候在那里的他的副官手中取回装有炸弹的公文包，之后，他对另一位副官说：“我的衬衣脏了，你知道，元首阁下是不愿意见到他的部下仪表不整的，请你带我找个地方换换衬衣。”那位副官便把他领到一间舒适的卧室。他从容地打开炸弹引信后，走了出来，同一名上校一边谈笑着，一边并排走进了会议室。

此时，希特勒正在会议室里听取一位军官的汇报，见他进来，看了他一眼，并很客气地回应了他的问候。他立即坐在向希特勒汇报情况的那位军官身边，同时，很自然地把公文包放到了桌子底下，并顺势把包往希特勒的方向推了推。炸弹距离希特勒最多只有两米，而离爆炸时间还有五分钟。眼看就要大功告成，施陶芬贝格强压住内心的紧张和激动，趁希特勒专心听汇报而没注意到他的时候，他悄悄地离开了会议室，按照事先设定的路线，顺利地撤出了大本营。

五分钟后，一声巨响，炸弹按时爆炸。遗憾的是，只炸伤了希特勒的双腿。原来，那位汇报情况的军官无意中把公文包挪到了桌子的另一边，才使希特勒再次免遭一死。

施陶芬贝格正是运用“投其所好”的策略，取得了希特勒的信任，诱其上钩，一次又一次地获得暗杀希特勒的机会，虽然最终因为偶然的因素没能达到预期目的，但是，这个计谋的使用无疑是成功的。而且，希特勒被炸之后，仍然不相信炸弹是“忠心耿耿”为他“效力”的施陶芬贝格放的，却认为是外国劳工干的，可见这一计谋的威力所在。

“投其所好”从来都是隐蔽且有效的秘密武器，只要迎合人们的喜好，便最容易获得预期效果。

□ 好名字带来意想不到的收获

心理学家亚当·阿尔特和丹尼尔·奥本海默认为，人们更喜欢发音容易、语言流畅度高的名字和词组。在他们看来，人们对名字易记、易发音的公司和股票会表现出好感。也就是说，如果公司名或股票代码越好记、越好读，人们就越看好它，股票价格也水涨船高。

为了证实这种假设，研究人员虚构了一些股票代码，其中有些很好发音，另一些则相反。研究人员告诉实验对象，这些都是真实存在的公司，并让他们对其业绩做出预测。结果很明显：人们不仅认为易发音的股票比不易发音的好，还认为前者会涨，后者会跌。

为验证这种心理在现实生活中的可信度，阿尔特和奥本海默随机抽取了纽约股票交易所1990~2004年上市的89只股票。他们对这些股票上市一天、一星期、半年、一年的业绩分别做了分析，找出了业绩与名称流畅度的关系。

研究人员发现，在前10个最易记的股票上投资1000美元，比在前10个最不易记的股票上投资收益要高，平均一年收益多出333美元。在另一个实验中，研究人员从纽约证券交易所和美国证券交易所抽出750只股票，把它们按发音难易分类，结果收益情况与前一个实验一样。

从这些研究结果中，我们可以看出“简洁”的影响力。“简洁”的重要性不容低估，即便是名字上的简洁，也能有意想不到的收获。

然而，人们常常只看重事物本身的影响力，却忽略了名称的重要性，要知道，名称可是人们最先接触到的信息。在其他条件相当的情况下，名字越简单易读，消费者、股民或决策人就越看好它。

此外研究人员还发现，字迹的易辨程度也直接影响到信息的说服力：字写得越差越潦草，说服力就越低。因为读者会认为字迹难认的信息可信度也必然让人难以苟同。另外，过分复杂的语言收效也很不理想，因为听众理解起来困难，对信息的接受程度就打了折扣。看来希望借助深奥辞藻来显示自己博学多才的做法是不太明智的。

令人遗憾的是，这样的例子在生活中太多了，不仅是在商业活动中，连学生写论文时也会犯这种毛病。大多数学生承认，为使自己显得更聪明，他们在写学术论文时都用过复杂的词句。

看来，将简洁运用得最好的应该是广告了。现在的广告词越来越短，传统的那种30秒广告也离人们的生活越来越远。当然，除了人们对简洁的喜欢外，现代快节奏的生活导致观众记忆力下降也是一个客观原因。有调查数据显示：广告超过12个字，读者的记忆力要降低50%。

还是让我们来看看言简意赅的好榜样吧。“七喜，非可乐”，寥寥数字就把自己推离了硝烟弥漫的可乐圈，并几乎夺去了可乐的半壁江山。大众旗下宝来车型“驾驶者之车”的宣传语也是对消费者吸引力最大的一句广告词。它用通俗、简单的语言表现出汽车本身卓越的性能，还突出了驾驶者的感受。

现在很多的公司甚至只用一个词来概括商品。例如，“搜索”这个词现在属于谷歌。“最爱”这个词曾被英国航空拥有了20年。索尼过去曾拥有“创新”，但这个词现在已经被苹果公司占有了。苏格兰皇家银行在美国市场营销的过程中也很快拥有“行动”这个词。这同样适用于政党或国家——英国工党凭借“新”这个词赢得了三次选举。

相对于烦琐复杂来说，人们更喜欢简洁的事物。即使只是名字上的简洁，也能给你带来意想不到的收获。

别吝啬对别人的赞美

要想巧妙运用“喜欢原则”这种心理战术，前提是你得先让别人喜欢上你，而“赞美”就是一种让全世界都喜欢你的好办法。

美国第30届总统卡尔文·柯立芝就是一个喜欢运用赞美技巧的“老狐狸”。刚上任时，柯立芝聘了一个女秘书协助他。这个女秘书既年轻又漂亮，但是她的工作屡屡出问题。不是字打错了，就是时间记错了，这些给柯立芝的工作带来很多的麻烦。

有一天，女秘书一进办公室，柯立芝就夸赞她的衣服很好看，称赞她美丽。女秘书受宠若惊，要知道总统平时是很少这样夸奖人的。柯立芝接着说：“相信你的工作也可以像你的人一样，都办得很漂亮。”

果然，女秘书的公文从那天起就再没有出现过什么错误。有个知道来龙去脉的参议员就好奇地问总统：“你这个方法很妙，是怎么想出来的？”

柯立芝笑一笑：“这很简单，你看理发师帮客人刮胡子之前都会先涂上肥皂水，这样做的目的就是让别人不会觉得疼痛，我不过就是用了这个方法而已！”

每个人都爱听奉承话，都渴望得到别人的认可和赞美。在赞美的作用下，就是批评的话听起来也没有原先那么刺耳了。任何一个人在听到你对他真诚的赞美时，都会对你产生好感。你不仅可以赞美同事、下属，也可以赞美谈判对手、合作伙伴。

华克公司在费城承包了一项工程，打算在某个特定日期之前建立一幢庞大的办公大厦。一切都照原定计划进行得很顺利。在工程进入完工阶段时，负责供应大厦内部装饰用的铜器承包商突然宣称他无法如期交货。如果真是这样的话，整幢大厦都不能按期验收，公司将因此承担巨额罚金。

在与铜器承包商进行各种方式的会谈且全都没效果之后，华克公司的员工杰克奉命前往纽约，当面说服铜器承包商。

“你知道吗？在布鲁克林区，居然没有人和你同姓。”杰克走进那家公司董事长的办公室之后，立刻开口说道。

董事长吃惊地说：“啊，我不知道啊。”

“是啊！”杰克说，“今天早上，我下了火车之后，就查阅电话簿找你的地址，在布鲁克林的电话簿上，有你这个姓的，只有你一人。”

“是吗，我居然一直都不知道。”董事长一边说，一边饶有兴趣地翻起了电话簿。“还真是！这是一个很不平常的姓，”他骄傲地说，“我这个家族从荷兰移居纽约，差不多有200年了。”一连好几分钟，他都在说他的家族及祖先。

在董事长说完之后，杰克就恭维他的工厂规模这么大，说自己以前也拜访过许多同一性质的工厂，但跟他这家比起来规模和管理就差得太多了。“我从没见过这么干净整洁的铜器厂。”杰克说。

“我花了一生的心血创办这个事业，”董事长说，“对此，我感到十分骄傲！你愿不愿意到工厂各处去参观一下？”

在参观中，杰克又恭维他工厂的组织制度健全，并告诉他为什么他的工厂看起来比其他的竞争者高级，以及好在什么地方。杰克还对一些不寻常的机器表示赞赏，结果这位董事长宣称那些机器是他发明的！他还花了不少时间向杰克说明那些机器如何操作，以及它们的运作效率多么高。

最后，这位董事长坚持请杰克吃午饭。到这时为止，你一定注意到，杰克一句话都没有提到此次访问的真正目的。

吃完午饭后，董事长说："现在，我们谈谈正事吧。当然，我知道你这次来的目的。我没有想到我们的相会竟是如此愉快，你可以带着我的保证回费城去。我保证你们所需的材料都将如期运到，哪怕其他的生意都会因此延误，我也不在乎。"

杰克甚至没有开口要求，就得到了他想要的所有东西。由于最后那些器材及时运到，大厦在契约期限约定的最后一天完工了。所以说，学会赞美，你将无往而不利。

人们特别喜欢听奉承话，赞美别人、恭维别人能让你轻松达到目的。

□ 人们更喜欢那些与自己相似的人

在美国，许多侍应生发现，如果客人点餐时每说一句话，他们都能立刻重复一遍，那么客人就会给更多的小费；而那些在客人点完餐后，只淡淡回应一句“好的”或什么也不说的侍应生，所得的小费则会较少。

显然，与后面那些侍应生相比，客人更喜欢积极的、会重复订单的侍应生，因为这样出错的概率会变小，也不用担心自己点的是奶酪三明治，送来时却变成了炸鸡汉堡。

为了证实这一现象，里克·冯·巴伦教授曾做过调查，发现事实确实是这样。只要侍应生能逐句复述客人的菜单，就能收到更多小费。不用多加解释，不用点头示意，不用说“好的”，只要复述一遍，就能创收!

调查还显示，这么做的侍应生，收到的小费比平时高出70%。

为什么模仿他人语言或行为就能得到慷慨对待？也许这和我们潜意识里喜欢和自己相似的人有关。

心理学家发现，人们在下意识里喜欢那些与自己相似的人。不管他们是在行为上、观点上、兴趣爱好上还是生活方式上与我们相似，都会使我们对他们心存好感。

这里所说的相似性不是指客观上的相似性，而是人们感知到的相似性。

客观相似性是指外貌、年龄以及社会地位的相似性等，感知到的相似性包括信念、价值观、态度和个性品质等。客观相似性与感知到的相似性是有联系的。

许多研究都表明，相似性与喜欢之间有直接联系。受试者认为，一个人越是与自己相似，自己便越是喜欢这个人。在一项研究中，那些在信念、价值观和个性品质上相似的人，在研究结束时都成了好朋友。所以，婚姻介绍所的工作往往以双方的相似性作为参考依据。

但是，人们在早期交往中，信念、价值观和个性品质的相似性往往显示不出来，此时年龄、社会地位、外貌的吸引力往往起着重要的作用。随着交往的加深，信念、价值观、个性品质等因素的作用便突显出来，甚至超过其他因素。

心理学家对相似性原则有两种解释。一种解释认为，相似的人肯定了我们自己的信念、价值观和个性品质。相似的信念、价值观和个性品质起着正强化作用，而不相似的信念、价值观和个性品质则起着负强化的作用。这种正负强化作用通过条件反射过程与具有这些特点的人联系起来，结果就造成了人们喜欢和自己相似的人，不喜欢和自己不相似的人。

另一种解释则认为，相似性影响吸引是由于它提供了关于他人的信息。人们通常重视自己的信念、价值观和个性品质，所以对拥有同样特点的人心生好感。

不管心理学家做出什么解释，人们喜欢与自己相似的人这一点是毫无疑问的。得知这个原理后，我们要取得别人的好感就有捷径可走了。我们只需要模仿他人的行为就能增进情感，并能巩固当事双方的关系。

在某个实验中，研究者安排两名人员做简短的接触。其中一人是研究助理，她要对另一人的行为照葫芦画瓢：如果另一人双臂交叉地坐着，还不时用脚轻敲地面，研究助理也要完全照做。同时，另一个实验中，研究人员要求研究助理不必模仿对方的行为。

结果显示，实验对象更喜欢模仿自己行为的助理，并且认为与她的接触很愉快。同样，复述客人菜单的侍应生，也是由于这个原则使得客人喜欢他，愿意给他更多的小费。

行为模仿在其他场合也同样有效。假设你在销售或客服部工作，不管客户对你表达的是投诉建议还是订单意愿，你都可以通过复述他的话来增加认同感。

不过，有些客服人员并没有意识到复述他人意思的重要性。他们没有对打进投诉电话的顾客的话语进行复述，这就使顾客不明白客服人员是否准确无误地了解了自己的意思，最后的结果很可能导致双方就意见的领会与否起争执。要知道，打进投诉电话的顾客本来心情就不太好，有可能还非常生气，如果你不想再火上浇油的话，最简单的方法就是复述顾客的话，让顾客明白你完全了解了他们的意思，并且会妥善地处理好。

模仿是最高形式的夸奖，我们喜欢那些与自己相似的人。不管他们是在行为上、观点上、兴趣爱好上还是生活方式上与我们相似，都会使我们对他们心存好感。

□ 为何人们更容易喜欢熟悉的人？

人们在决定购买某一商品时，会受到潜意识的影响。某种商品信息刺激的次数越多、越强烈，人们潜意识中该商品的烙印也就越深刻，对商品的购买和消费就成为一种无意识行为。事实上，人们总是习惯于消费自己熟悉的商品。

因此，对商家来说，反复地宣传在顾客心中造成强烈的印象，是至关重要的问题。美国著名的可口可乐公司，正是利用了顾客的这一消费心理，以铺天盖地的轰炸式广告奠定了可口可乐独占世界饮料业鳌头的地位。

在20世纪30年代，可口可乐公司面临严重的财政危机。为了摆脱劣势，公司董事们决定聘用以推销卡车而在亚特兰大闻名的罗伯特·温希普·伍德鲁夫。

从此，伍德鲁夫经营可口可乐公司长达半个世纪之久，取得了骄人的业绩。他把推销与宣传融于一体，在国际市场上为可口可乐开辟了一片崭新的天地。伍德鲁夫在跟一个朋友闲谈时，这位朋友曾问起他关于可口可乐成功的秘密，他说："可口可乐的配方里，99.96%是碳酸、糖浆和水，没什么稀奇的，只能靠广告宣传，才能让大家都接受！"

基于这一思想，伍德鲁夫自接任总经理后极为重视广告，对于一切报刊、电视广播、宣传材料等能用来做广告的媒体，无不尽量使用。即便是他个人的宴会，他也从不放过为可口可乐做广告的机会，可谓用心良苦。

伍德鲁夫铺天盖地式的广告宣传战术，在二战期间就已发挥了很大的作用。经过一系列的活动，可口可乐在美军中深受欢迎，有人将其称为"可口可乐上校"和"生命之水"，并且认为可以没有一切，但不能没有可口可乐。

二战时，从太平洋东岸到中欧的易北河边，美军沿途一共喝掉了100多亿瓶可口可乐。这样，可口可乐像蒲公英的种子似的，随军飞到了欧洲许多国家，在某种程度上也起到了广告宣传的作用。事实上，没过两年，可口可乐便在英国、意大利、法国、瑞士、荷兰、奥地利等许多国家畅销起来。

二战末期，可口可乐的月销售量已达到50多亿瓶，仅可口可乐装瓶厂就增加到了64家。今天，从南极到北极，从最发达的国家到最不发达的国家，可口可乐无处不在。从家庭妇女到商界强人，从白发老人至三岁孩童，可口可乐无人不晓。

这正是伍德鲁夫的营销高招留给世界的奇迹。目前，可口可乐在世界上140多个国家和地区畅销，以每天销售3亿罐的绝对纪录饮誉全世界，成为名副其实的"世界第一饮料"。

可口可乐的案例很好地说明了熟悉可以导致喜爱，与此相似的是心理学上的"邻近性原则"，说的是在其他条件相等时，人们倾向于喜欢邻近的人。研究也表明，被随机安排在同一宿舍或邻近座位上的人更容易成为朋友；在同一栋楼内，居住得最近的人最容易建立友谊。

当然，也可以说邻近性与交往频率有关，邻近的人常常见面，容易产生吸引。

熟悉会导致喜爱。人们总是习惯于消费自己熟悉的商品，所以对于想要引起消费者购买的商品而言，反复地宣传以使自己的产品先被熟知，进而达到顾客喜爱是至关重要的。

第十四章

第一信息的力量

为什么学生A和学生B都做对了15道题，可是人们却认为学生A更聪明呢？

为什么汽车厂商在广告中要宣称自己的车很丑？

为什么外表漂亮的人更受人欢迎，更容易获得他人的青睐？

为什么同样一个人在穿着华贵服装时，人们更愿意听从他的吩咐？

第一印象容易固定你的思维

心理学上有个名词叫“沉锚效应”，是说在人们做决策时，思维往往会被得到的第一信息所左右，第一信息会像沉入海底的锚一样固定你的思维。

1957年，美国心理学家洛钦斯做了一个试验。他设计了四篇不同的短文，都是描写一位名叫杰姆的人。第一篇文章整篇都把杰姆描述成一个开朗友好的人；第二篇文章的前半段把杰姆描述得开朗友好，后半段则将他描述得孤僻而不友好；第三篇与第二篇相反，前半段说杰姆孤僻不友好，后半段却说他开朗友好；第四篇文章全篇将杰姆描述得孤僻而不友好。

洛钦斯请四个组的受试者分别读这四篇文章，然后在一个计量表上评估杰姆的为人到底友不友好。结果表明，篇幅的前后是至关重要的，文章中写开朗友好在先的，评估杰姆为友好者的为78%；孤僻而不友好在先的，则评估杰姆为友好者的降至18%。

还有一个类似的实验。

让两个学生都做对30道题中的一半，让学生A做对的题目尽量出现在前15道题，而让学生B做对的题目尽量出现在后15道题，然后让其他人对这两个学生进行评价，看谁更聪明一些。

结果发现，多数人都认为学生A更聪明。为什么会出现这种现象呢？其实，这就是典型的沉锚效应。人们往往会由最初接触到的信息所形成的印象对之后的行为活动和评价产生影响，实际上也就是“第一印象”的作用。

第一印象所观察到的主要是性别、年龄、衣着、姿势、面部表情等外部特征。一般情况下，这些外部特征都会在一定程度上反映这个人的内在素养和其他个性特征。

第一印象对如何判断一个人有着重要的影响。两个素不相识的人，如果第一次见面时给彼此留下了正面的、良好的印象，两个人会希望继续交往，增进关系；而如果是负面的、不好的印象，则会拒绝继续交往。

所以，在与人交往时，给对方留好第一印象是非常重要的，毕竟第一印象总是会在初次见面还不了解的人心中挥之不去。就算你发生了变化，对方还是会对你的第一印象更加深刻。

当然，第一信息的力量在生活中也发挥着重要的作用。

街道两旁有两家卖粥的小店，每天都顾客盈门，客流量相差无几。然而，到了晚上结算的时候，左边小店的营业额总是比右边小店的多出百十来元，天天如此，让人有些纳闷儿。

原来，这里面的奥秘就在于两家服务员说的话上。客人进入右边那家店时，服务员微笑着迎上去，盛了一碗粥，问道：“加不加鸡蛋？”客人如果说“加”，服务员就给客人加一个鸡蛋。客人如果说“不加”，服务员也就不再多问。顾客有说加的，也有说不加的，大概各占一半。

客人走进左边的小店，服务员也是微笑着迎上前，盛上一碗粥，问道：“加一个鸡蛋还是加两个鸡蛋？”客人笑着说：“加一个。”再进来一个顾客，服务员又问同样的一句。结果，爱吃鸡蛋的就说加两个，不爱吃的就说加一个，很少有人说不加。

就这样，一天下来，左边的小店就要比右边的小店多卖出很多个鸡蛋，难怪他们的收入会比右边的小店多。

这种方式同样很值得人们在做广告宣传或向别人推销产品时借鉴，充分利用第一信息的力量，既给别人留有选择的余地，又要为自己争取更多的领地。

“沉锚效应”是指在人们做决策时，思维往往会被第一信息所左右。第一信息会像沉入海底的锚一样固定你的思维。

主动承认小缺点反而会提高成功率

美国恒美广告公司曾经接过一个很棘手的策划案——为德国产的小型汽车“甲壳虫”打入美国市场制订宣传方案。要知道，在这之前，美国人偏爱的都是大型的本国产的汽车。

不过，恒美DDB公司出色地完成了这个策划案。在广告播出后的短短时间内，这种德国产小汽车——大众旗下的“甲壳虫”就摆脱了原来滑稽可笑的形象，一举成为了畅销车型。

“甲壳虫”成功的大部分原因是依靠恒美DDB公司优秀的广告策划。令人惊奇的是，该广告策划的着手点在于，他们没有强调汽车的优点，如经济便宜或油耗小；相反的，他们把汽车的缺点暴露给消费者。广告语是这样的：“丑只是表面的，它能丑得更久。”

当时，恒美DDB公司策划的这个广告打破了业内的常规做法。它直接告诉消费者，甲壳虫汽车并不符合当时美国人对汽车的审美观。那为什么甲壳虫还那么受大家欢迎呢？这是因为提及商品一个小小的缺点能够提高广告的可信度。接下来再说到商品的优点时，比如甲壳虫的经济实惠与节油，人们就更会相信所言属实了。17世纪的法国作家罗时夫科尔德早就说过：“主动承认自己的小缺点，是为了让他人相信我们没有大缺点。”

世界第二大汽车租赁公司——安飞士公司的座右铭运用的也是这种策略："安飞士，我们现在排第二，但我们在努力。"还有其他很多的例子，如李斯德林漱口水的广告："这种味道让你一天恨三次。"除了广告策划以外，还有很多成功运用该策略的案例。有学者做过研究，发现如果某方的律师向陪审团自暴案件的不利点，而不是由对方律师揭露，那么陪审团就会认为该律师的可信度高，在最后做出判决时也会更倾向于对他有利。

此外，想找工作的人也应注意，如果你的履历里全是优点，那你得到面试的概率就会变小；相反，那些勇于揭短的简历主人，获得面试的概率要高得多。

生活中也有其他许许多多的地方都能用到自暴缺点这种策略。

当你的客户想对汽车进行试驾时，你可以先告诉他这辆车的缺点，特别是客户自己不容易发现的那些缺点，如汽车后备厢的灯会闪，汽车不是很省油等等，这会提高顾客对你和你所销售的汽车的信心。

如果你向某公司推销彩色复印机，但你的复印机在进纸张数上不如对手的产品，为了取得客户的信任，最好是由你自己说出这个缺点，因为这样做，客户反而更相信你稍后谈到的机器的优点。

谈判桌上也能用到这样的策略。如果你判断优势不高，但又希望对方能信任你，最好的方法是自己提出不足，而不是等他们自己找出来。

既然自暴缺点能赢得别人的信任，那是不是说只要是缺点都可以主动暴露呢？当然不是。该策略的运用是有前提的，那就是产品的缺点要瑕不掩瑜，这是很重要的一点。

为了使这种策略更有效，还有一个需要注意的地方，那就是研究人员葛德·伯纳所说的，我们在坦白缺点时，应该用有中和作用的优点来补充。

伯纳为一家餐馆设计了三种广告：第一种只宣传优点，如舒适的就餐环境；第二种在宣传优点的同时，加上毫不相关的缺点，如除了表示就餐环境舒适外，还指出没有专用的停车场；第三种则在描述缺点后，再找出与缺点有联系的优势，如虽然餐馆很小，但却很舒适。

结果，看了第三种广告的人自然而然地把劣势和优势联想在一起，地方虽然小，但也正因为小，才会舒适。虽然后两种广告都讲述了餐馆的优缺点，也都提高了顾客对餐馆的信任度，但最后一种广告让顾客对餐馆的好评度最高。

所以说，如果你只是想提高他人对你的信任度，那么揭什么样的短都没错。但如果你还想提高他人对你所谈之物的评价，如某家餐馆、商品或证明，那就要确保你请出的每朵乌云旁都有一缕阳光与之相伴。

有一个真实的故事。1984年，罗纳德·里根竞选连任，有人担心他年龄太大不能胜任。在与对手沃尔特·蒙代尔的辩论中，里根承认自己年事已高，但他指出，“我想你知道的是，我不会拿年纪来说事儿，正像我不会出于政治目的，说我的对手年纪太轻，缺少经验一样”。蒙代尔听后，对里根报以一笑。当然，在后来面对美国总统竞选史上最大的一次惨败时，蒙代尔可没能笑出来。

请你一定记住，我们在坦白缺点的同时，要补充一项能抵消其影响的优点，这才是让别人信任你的最好、最有效的策略。

人们习惯用主观判断进行角色定位

1910年，德国行为学家海因罗特在实验中发现一个十分有趣的现象。

刚刚破壳而出的小鹅，会本能地跟随在它第一眼见到的自己的母亲后面。但是，如果它第一眼见到的不是自己的母亲，而是其他活动物体，如一只猫、一只狗或者一只玩具鹅，它也会自动地跟随在它的后面。这是因为一旦这只小鹅形成了对某个物体的跟随反应后，它就不可能再形成对其他物体的跟随反应了。这种跟随反应的形成是不可能改变的，也就是说小鹅只承认第一，无视第二。

后来，这种现象被另一位德国行为学家洛伦兹称为“定型效应”，也称社会刻板印象或印刻效应。它指的是人们在见到他人时，常常会自觉地根据他人的外表行为特征，结合自己头脑中的定型来进行归类，并以此来评价一个人，如知识分子是戴着眼镜、面色苍白的“白面书生”形象；农民是粗手大脚、质朴安分的形象，等等。

有个笑话说，如果你的前面是一位发怒的重庆女孩，后面是万丈深渊，那么，奉劝你还是往后跳吧！这个笑话不能说没有一点儿道理，重庆女孩的泼辣，可以说是“盛名远扬”。因此，一提到重庆女孩，首先浮上脑海的就是“泼辣”二字，丝毫不顾其中是否有被冤枉的“例外”。还有我们经常听人说的“长沙妹子不可交，面如桃花心似刀”，东北姑娘“宁可饿着，也要靓着”，等等，实际上都是“刻板印象”。

刻板印象的形成，主要是由于我们在人际交往的过程中没有时间和精力与某个群体中的每一个成员都进行深入的交往。我们只能与其中的一部分成员交往，然后“由部分推知全部”，借助我们所接触到的部分去推知“全体”。

这种定型效应一旦形成，就很难改变，因此，在日常生活中，一定要考虑到定型效应的影响。例如，在市场调查公司招聘入户调查的访问员中，我们可以看见，招聘的员工大部分都是女性，而不是男性。这是因为在人们心目中，女性一般来说比较善良、攻击性较小、力量也比较单薄，因而入户访问时对主人构成的威胁较小。而男性，尤其是身强力壮的男性，如果要求登门访问，是很容易被拒绝的，因为他们更容易使人联想到一系列与暴力、攻击有关的事件，使人们增强防卫心理。

但是，定型效应毕竟只是一种概括而笼统的看法，并不能代替活生生的个体。它的观点有时会有失偏颇，人们在接纳新事物时，为保险起见，往往都是依照经验，我们也不妨审时度势，变换自己的角色定位，强化对自己有利的定型形象，避免不利的定型效应出现。

人们在见到他人时，常常会自觉地根据人的外表行为特征，结合自己头脑中的定型进行归类，以此来评价一个人。

□ 从外表印象而来的推断准确吗?

外表漂亮的人更受人欢迎，更容易获得他人的青睐。这一方面的原因是人们天生就喜欢美的事物，是一种自然的倾向。而另一个原因则要用心理学上所谓的“光环效应”来解释：当一个人在别人心目中有较好的形象时，他会被一种积极的光环所笼罩，从而被赋予其他良好的品质。正如美国学者罗伯特·西奥迪尼在他的营销学著作《影响力》一书中指出，人们通常会下意识地把一些正面的品质加到外表漂亮的人头上，像聪明、善良、诚实、机智等等。

外表的魅力是最容易导致光环效应的因素，即使在强调个人意识的今天，光环效应也并不因为人们个人意识的增强而减弱。当你对一个人产生好感时，他的身上会出现积极的、美妙的甚至是理想的光环。

在光环的笼罩下，一个人的要求和决定更容易被满足，不仅对方某些方面的不足被忽略，甚至连他所使用过的东西、跟他要好的朋友、他的家人都会使你感觉很不错。

日常生活中比较常见的光环效应就是请明星为某一产品代言。虽说歌星、影星与广告中的商品质量并没有太直接的关系，但是，由于光环效应的作用，明星做过广告的商品很显然会比那些小人物做广告的商品更容易得到人们的认同。

俗话说，“情人眼中出西施”，其实也是这种光环效应的结果。热恋中，钟情的小伙子认为他心爱的姑娘是皎洁的月亮，陶醉其中的姑娘觉得她的意中人是炽热的太阳。事实上，双方都因为爱情而被理想化了。

由外表印象做出推断是有一定道理的，它是人们日常生活经验的结晶。但是，“路遥知马力，日久见人心”，仅凭第一印象就妄加判断、以貌取人，往往会带来不可弥补的错误。

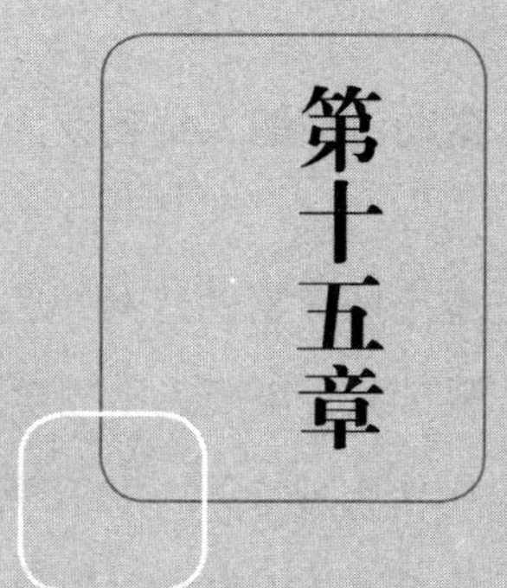

第十五章

承诺与一致

为什么在请求别人帮忙时，应该先提出较小的要求，再逐渐增加要求？
为什么你帮了一个本来不喜欢的人，却会逐渐不那么讨厌他（她）了？
为什么老师和家长给孩子戴高帽之后，孩子变得更听话、更懂事了？
为什么公开的承诺更能激发上进心，写下来的目标更有利于执行？

帮助过你的人更容易为你提供帮助

本杰明·富兰克林出生于1706年，他是美国著名的作家、政治家、外交家、科学家、出版人、哲学家及发明家。作为政治家，他起草了美国《独立宣言》；作为外交家，他在美国独立战争期间争取到了法国的支持；作为科学家，他对电学的发现与理论更是无人能比；作为发明家，他创造出了双焦距眼镜、里程表和避雷针……然而，除了以上种种发明，他还发现可以用“麻烦”来赢得对手的尊重。

富兰克林在宾夕法尼亚立法机构任职时，顽固的政敌和一位不友好的立法者常让他头疼不已。富兰克林在解释如何赢得他的尊重与友情时这样说：“我从没想过要委曲求全来赢得他的帮助，但一段时间后，我萌发出了用其他方法解决的念头。在知道他有一本稀世奇书后，我给他写了张字条，希望能借这本书拜读几日。没想到，他立刻把书给了我。一星期后，我把书还给他，同时夹了张字条表达我对这本书的喜爱之情。后来，我们再在国会见面时，他对我说话了（这在以前是不可能的），态度还很礼貌。此后，他表示愿意随时为我提供帮助，我们成了好朋友，这样的友谊一直维持到他去世。这真是应了那句格言，‘为你做过好事的人比受过你恩惠的人更能为你提供再次的帮助’。”

多年后，乔恩·杰克和大卫·朗迪希望通过实验来证实富兰克林的说法。他们让参与实验的人员先从研究人员那儿赢一些钱，然后要求其中一组归还赢来的钱，并表示那是私人的钱并且已所剩不多了，几乎所有人都同意归还，另一组人员则未被提以这样的要求。最后，所有参与实验的人员以匿名方式表达是否喜欢这位研究人员。

杰克和朗迪发现，那些被要求还钱的人对研究人员更具好感。实验表明，富兰克林是对的，虽然他的观点看上去并不符合逻辑。

这是为什么？因为人们会调整自己的态度以和行为保持一致。当富兰克林的对手发现自己帮了最讨厌的人时，也许他会想："为什么我会帮这个不喜欢的人？也许他也没那么讨厌，也许他还是有些优点的。"

在《影响力》一书中，作者把这种"人们会调整自己的态度以和行为保持一致"的现象叫"承诺和一致原则"，书中说："人们都有一种与我们过去的所作所为保持一致的愿望。一旦我们做出了某个决定，或选择了某个立场，就会面对来自个人和外部的压力，迫使我们的言行与它保持一致。在这种压力下，我们会采取某种行为以证明我们之前所做的决策。"

富兰克林的策略其实就是"承诺和一致原则"，这种策略在其他场合也能发挥作用。

比如，我们常常需要伙伴、邻居或同事的帮助，但因为某种原因，他们也许并不喜欢我们。所以我们不愿开口向这些人求助，害怕更会引起他们的反感。这种情况下，人们常对是否开口求助犹豫再三，最终耽误了手头的急事儿。其实，这样的担忧完全没有必要。

向讨厌自己的人求助确实需要些勇气，但只要想想，既然这个人对你没有好感，那么，开口求助最坏的结果还是没有好感。所以，试着开口吧，你又不会有什么损失。

人们都有一种与我们过去的所作所为保持一致的愿望。一旦我们做出了某个决定，或选择了某个立场，就会面对来自个人和外部的压力，迫使我们的言行与它保持一致。

□ 只有得寸，才能进尺

社会心理学家弗里德曼和弗雷泽在1966年做了一个以实验方法验证“登门槛效应”的经典性研究。

研究的第一步，先到各家各户向家庭主妇受试者提出一个小小的要求，请她们支持“安全委员会”的工作，在一份呼吁安全驾驶的请愿书上签名。研究的第二步，两星期以后，由原来提出要求的那两个大学生重新找到这些主妇，问能否在她们的前院立一块不太美观的大告示牌，上面写上“谨慎驾驶”。

结果表明，先前在请愿书上签过名的大部分人（55%以上）都同意立告示牌，而没有签过名的主妇中只有不足17%的人接受了这一要求。

这种效应在日常生活中也存在。当顾客选购服装时，精明的售货员为打消顾客的顾虑，“慷慨”地让顾客试一试。当顾客将衣服穿在身上时，她就称赞衣服很合适，并周到地为顾客服务，在这种情况下，当她劝顾客买下时，很多顾客难以拒绝。

在二手车市场，销售商卖车时往往把价格标得很低，等顾客同意出价购买时，再以种种借口加价。据有关研究发现，二手车销售商的这种方法往往可以使人更容易接受较高的价格。如果销售商在一开始就开出这种高价格，顾客则很难接受。

还有很多研究都证明了“登门槛效应”的存在。例如，加拿大心理学家做了一个实验，发现如果直接提出要求，多伦多居民愿意为癌症学会捐款的比例为46%；而分两步提出要求，前一天先请人们佩戴一个宣传纪念章，第二天再请他们捐款，则愿意捐款人数的百分比几乎比前一种方式增加了一倍。

从这些实验中，我们都可以看到：一下子向别人提出一个大要求，人们一般很难接受；而逐步提出要求，不断地缩小与大要求的差距，人们则比较容易接受。这主要是由于人们在不断满足小要求的过程中已经逐渐适应，意识不到逐渐提高的要求已经大大偏离了自己的初衷。

此外，人们都希望在别人面前保持一种比较一致的形象，不希望别人把自己看作“喜怒无常”的人，因而，在接受别人的要求，对别人提供帮助之后，再拒绝别人就变得更加困难了。如果这种要求给自己造成的损失并不大的话，人们往往会有一种“反正都已经帮了，再帮一次又何妨”的心理。于是，“登门槛效应”又发生作用了。

当个体先接受了一个小的要求后，为保持形象的一致，他更可能接受一个重大、更不合意的要求，就好比登门槛，只要对方乐意稍稍打开一道门缝，让你登了门槛，你就有可能进入室内，这叫作“登门槛效应”，又称得寸进尺效应。

□ 如何给人贴对“标签”？

在“星球大战”系列电影的最后一集《绝地大反击》中，卢克·天行者赢了至关重要的一仗：他说服黑武士倒戈，共同对抗邪恶势力，最终拯救了自己的生命，也为整个银河系带来了希望与和平。他是怎样说服黑武士的呢？

其实，卢克对黑武士只说了这么一句话：“我知道你内心善良。我能感觉得到。”难道会是这句简单的话说服了黑武士吗？或至少是埋下了说服的种子？

一个心理学实验告诉我们，卢克的成功正是在于那句话。

卢克的那句话运用了“标签技巧法”，也就是公开给他人贴个“标签”，表明他具有的个性、态度、信仰或其他特点，然后再提出符合该标签特点的要求。为了不担虚名，大多数人会同意你的要求。

研究人员理查德·叶兹做过的一个实验能表明“标签技巧法”在说服他人投票上的效果。

理查德随意告诉一组选民，从他们的兴趣、信仰或行为看，他们“会积极参与投票和政治活动”。另一组选民则被告知他们的政治积极性一般。实验结果表明，前者不仅自认为比后者更优秀，在一星期后的选举活动中，其出席率也比后者要高出15%。

当然，政治以外的场合也可以运用“标签技巧法”，事实上，许多商业场合和日常生活中都能用到这个技巧。比如，你为某人下达了一项工作任务，但他担心不能胜任。这时，告诉他你对他很放心，因为他是个优秀的员工，前几次类似的任务他都完成得很出色，这会帮助他重拾信心。

老师、父母也可以用相同的方法引导孩子，结果一定会不负众望的。我们发现，当老师表示喜欢想把字练好的学生时，学生们就会花更多的时间来练字，尽管他们知道不会有老师在周围看。

航空公司也经常用到这个方法。对航空公司这样的做法你也许不会陌生：航班结束时，机组人员会告诉旅客，“感谢您在众多航空中选择了我们”。这样的话是在利用变形的“标签技巧法”，暗示旅客他这么选择是有原因的，原因就是对该公司的信心，这样的心理暗示更加深了信任度。同样，你也可以告诉客户，他们的选择是对你和公司的信任，对此你十分感激并会不负所托。

最后请注意，这种方法如果用得不好，就会有背光面，跟其他技巧一样，它必须被诚实地使用，也就是说，所贴标签必须符合事实。

公开给他人贴个“标签”，表明他具有的个性、态度、信仰或其他特点，然后再提出符合该标签特点的要求。为了不担虚名，大多数人会同意你的要求。

公开的承诺更容易兑现

正如政治家们所说，大选期间的候选人处于极度压力下，不仅要说服选民支持自己，还要让支持者愿意去为自己投票。至少在美国，候选人会通过电视、传单和其他媒体为自己做大力宣传，当然这是花费不菲的。但真正聪明的候选人也许也是最后的赢家，他们不仅懂得说服艺术，还很懂得其中的科学道理。

在美国2000年总统大选中，布什以微弱优势赢得胜利，这意味着人们会比以往更看重每张选票的价值。选举中，整个美国都在关注着大大小小的竞选演说，单个选民出席与否、支持谁，都会对结果造成很大影响。那怎样能最简单有效地说服选民前去投票呢？

其实，只要事先问问选民会不会去投票，为什么会去投票，就能得到答案。有研究人员在某次选举前夜做了调查，那些被问到上述问题的人，出席率比普通人要高25%。这里面有什么原因吗？

有两个心理要素在影响他们的行为：

第一，当问到人们是否会做出社会所希望的行为时，他们会觉得必须回答“是”以赢得社会认同。因为社会认为参加投票是每个公民的义务，所以人们很难说出不想去投票，想在家里看电视之类的话。这样，就不难理解为何人们回答会不会去投票的问题时都说会去了。

第二，人们公开称自己会做出社会希望的行为后，为了言行一致，也会去履行这个承诺。举个例子，一家餐馆通过更改订餐的接待用语，减少了订餐后却未前来用餐的食客数量。其实，餐馆只是把“如果您不能前来就餐，请致电我们帮您取消”改为问一句：“您若不能前来就餐，会打电话给我们取消吗？”这样一来，几乎所有的顾客都表示会打电话。更重要的是，一旦说出了这样的话，顾客就会觉得自己有责任履行承诺。因此，餐馆的订餐不到率从30%降到了10%。

这样看来，政客要让支持自己的选民前去投票也是非常简单的。只要让人给这些选民打个电话，问他们“是否会在下个选举中去投票”，然后就等着他们说“是”吧。当然，如果打电话的人再加一句“太好了，我已经记下您的答案了。我会让其他人知道的”，那就更能保证支持者会去投票了，因为这句话有三个能巩固承诺的因素，即承诺的自愿性、活跃性和公开性。

那么，这种方法能用在工作或其他地方吗？当然可以。

如果你想在公司里组织一次郊游，但不确定是否会有足够的人参加。当你正在为这个问题犹豫，考虑到底要不要组织时，你可以先问问同事们的参加意向。这不仅会让你对活动的可行性心中有数，也能让同意参加的人到时真的出现在活动中。

如果你是一名项目经理，对你来说，新项目的成功不仅要有队员们口头的支持，还要有真正的行动。因此，请不要一味强调该项目能带来的收益，试着问问队员们愿不愿意支持你的项目吧。他们的回答多半是同意，接下来再问问他们支持的理由。如果你按照这个方法去做，就会让你的项目受益不少。

不论你从事哪个行业，这种说服方法都会为你赢得重要的一票。

人们公开称自己会做出社会希望的行为后，为了言行一致，也会去履行这个承诺。

写在纸上的目标更容易达到

安利是美国最大的直销公司之一，在激励员工创造新的销售纪录时，公司告诉员工：把制订好的目标写在纸上。

不管是什么目标，关键是要有，这样才会有努力方向。写在纸上的目标有神奇的力量。达到目标后，再制订下一个，并且再写下来，这样，你就会在前进的道路上飞奔起来。

为什么要把目标写下来？即使这个目标只对我们自己公开？因为积极承诺比消极承诺更能让人们履行责任。

为了证实积极承诺具有的说服力，研究人员对一些大学生进行了调查。他们询问大学生们是否愿意充当志愿者，去为当地学校进行艾滋病知识的普及。

研究人员告诉其中的一组学生，如果他们愿意，请填写表示愿意当志愿者的表格。相反的，他们告诉另一组学生，如果愿意去，只需要口头答应，不需要填写什么表格。

最后，研究人员发现，不论学生接受的是哪一个意见征询方式，对其是否同意去做志愿者并没有多大影响。但在几天后的知识普及活动中，出席率却表现出了明显的差异。在第二种以消极承诺表示愿意当志愿者的学生中，只有17%

的人遵守了承诺。那些以积极承诺表示愿意当志愿者的，则有49%的人遵守了承诺。总的来看，出席活动的人中有74%都是做出积极承诺的学生。

为什么说把承诺写下来（也就是积极承诺）会使人们更好地履行承诺呢？因为人们通常会根据自己的所作所为来评价自己。每个人都希望自己是信守承诺、言行如一的人。而把承诺写下来，也就是积极承诺，更巩固了人们的承诺，所以会促使人们更好地履行承诺。

现在，让我们来看看积极承诺都可以用在什么地方。

到了年底，通常会做新一年的计划书。如果你将详细的目标，包括具体的实施方法写下来，而不是只在脑海里过一遍，那将对你很有帮助，特别是当你将计划告诉给朋友和家人的时候。

如果你是销售经理，要求队员写下各自的目标，那就会提高目标完成率，从而带来更多的利润。同样，让与会人员对同意的事项进行书面确认，就更能让他们参与其中。

在对客户申请信用卡的情况分析后，银行发现，如果信用卡申请表格是由顾客填写，而不是由营业员来填写，那么客户日后销卡的概率就会小得多。这给我们的启示就是，如果你想让客户、商业伙伴主动遵守承诺，那你最好让他们自己填写协议书。

近几年，英国的医院表示越来越多的病人预约后都没有按时去看医生。据英国全民健康医疗服务调查显示，平均一年有近700万个预约作废，这带来了极大的财务损失与健康隐患。

怎样用积极承诺减少这种现象呢？

通常预约看病时，不论是接受常规检查还是外科手术，都是由医护人员记录下与病人商定好的日期，这种做法会让病人处于隐性承诺的位置。其实医院可以让病人自己写下约定日期，这会是个以低成本提高应约率的好方法。

对于利用积极承诺来促使人们更好地履行承诺、提高效率，杰出的效率专家——伯利恒钢铁公司总裁查尔斯·希瓦勃最有心得。为此，他总结了提高效率之道——每天列出最重要的六件事，这个方法是怎么来的呢，还得从头说起。

一天，爱维拜访了查尔斯·希瓦勃，对他说：“如果你允许我和你的每一位部下待上十五分钟，我就能提高你公司的效率和销售额。”

希瓦勃很自然地问：“我需要付多少钱？”

“不需要，”爱维说，“除非的确有效。三个月以后，你可以寄给我一张支票，给我你认为值得的钱，足够公平吧？”

希瓦勃同意了。在这家为生存而奋斗的年轻钢铁公司里，爱维每次用十五分钟时间与各级管理人员交谈，并让他们完成一个简单的任务。在以后的三个月里，这些经理每天晚上必须列出一份清单，写出第二天他要做的六件最重要的事。然后，按照事情的重要程度对所有的事情做出排列。爱维告诉他们，完成一件事情，就把它划掉。你只需按顺序做完这六件事。如果你没有完成，就把它写在第二天的清单上。

三个月试验结束时，公司的效率和销售额都变得非常高，这让希瓦勃既吃惊又兴奋，随即，他愉快地给爱维寄了一张3.5万美元的支票。

列出清单会迫使你决定哪件任务是最重要的。当然，清单要力求简明扼要，不要过分热心地记下过多必须做的事，这一点很关键。因为你看着那个数字会想：我不可能做完这些。六件事是个容易安排的量，而当你能轻松地完成所有列出的任务时，你就可以考虑处理更大的一些事情。

最重要的是，你必须用手亲自把它们写在纸上。用大脑思考一遍是极其容易的，但也很容易导致忽视或延缓去做那些最重要的事，但是，当一切被列上清单，这就变成动真格的了。

把制订好的目标写在纸上，不管是什么目标，关键是要有，这样才会有努力方向。